講談社文庫

そら頭はでかいです、世界がすこんと入ります

川上未映子

講談社

そら頭はでかいです、世界がすこんと入ります◎目次

そら頭はでかいです、世界がすこんと入ります

夜明け前、いっかい、最高の君の顔

君の顔面のことを思うと私は自分が接待女をしてくたただった頃を思い出す。や、ちゃうな。仕事の帰りのタクシーからの景色を思い出すってのが正しいのかもしれん、や、これもちゃう。朝に近い、青い靄の中を、冷気の中を、タクシーが鈍く鈍く切り開いてゆくあの惨めさの中で君の顔を見たいなあと思ったんやった、懐かしい君の顔を見たいなあって思ったんやった、そして運転手に道順を聞き返されたときに顔を上げると、フロントガラスいっぱいに君の顔が張りついていたのやった、私はそれを発見したのやった、君の顔は笑いもせんと何もせんと、タクシーがどんどこ走行している間、そこに張りついてるんやった、それは線の細い絵の女の漫画描きの憂鬱な巨大なひとこまで、君の顔は色がついてなくて、線描きだけの漫画のひとこまになってるんやった、顔をすかして背景に信号の色とか朝焼けとかビルやらが乱々に入り混じって頬のあたりが派手やった、私は君の顔の中で流れる夜明け前を見つめながら、君の顔のことを最高やと思った。

私があの時期、仕事の帰りのタクシーの中で君の顔について考えたことがあるのはその一回きりやから、あの頃を思い出す、っていうんじゃなくて、あの一回だけ、あの夜明け前のタクシーの後部座席で、世界のあらゆる、高価な救いからくたびれ果てた救いまでに明確にくるっと鮮やかに見捨てられた疲れた頭で君の顔について考えたことのある「あのとき」を思い出すというのがほんまは正しいと思うけど、二つ以上のことをほんまに同時にほんまに同じ容量で思い出すってこともあるわけで、今がそれで、この今、君の顔はたった一度のあの夜明け前そのものと同じものだということで、ああ、私から見えた唯一の夜明けの空に重なる形でドアップの、最高に最高の、あの一回はそのまま君の顔やったということになります。

ドーナッツとの激しい距離

パン類があんまり好きではない私も年に一回くらいならドーナツくらいなら齧ってみてもいいかなという気持ちになるけれど、いざドーナツを購入、という段になると、「転がるドーナツとおまんこしてろい！」というカート・ヴォネガットのあの名言がミスタードーナツの陳列棚のガラスと私の意思との間でやんややんやと踊り狂うのであって、その踊り狂い方がかくも鮮烈でおきゃんであるために、それに比してドーナツ自体の魅力はしゅわしゅわと縮んでしまって霞むこと霞むこと。それで、また来年でいっか、ということになるのである。

キャロルとナンシー

小学生の頃、「シルバニアファミリー」という、ちっこい熊やらリスやらウサギやらネズミやらが腹立たしいほどリアルな家具に囲まれて、これまたやけに詳細なミニチュアの家の中で生活しているという体裁で遊ぶ、という遊戯が流行っていて、持ってない子はあっち行ってやの論理に弾き飛ばされて、姉と私はそれらの展開を指をくわえて見ていたのだが、神様っているんだね！　ある日、親戚の人がプレゼントしてくれたのであって狂喜乱舞とはまさにこのこと、これによって流行の遊戯への参加を許されたのやが、この遊びの醍醐味には、自らの人格をちっこい熊やら（以下省略）に半分憑依させて擬似家族を演じてみたりすることのほかにもうひとつ、「家具を収集する」という大きな大きな目的が同居していたのや。

何点も何点も際限なく存在するかわいらしい家具。艶もあってどれも素敵。どれも欲しい。もっと欲しい。姉と私はそのどれもにうっとり。いつかあの勉強机が欲しい。あ、ベッドも。食器棚、この深緑のこっちのもっとおっきいの。どこの擬似ファミリーよりも我々はこの遊戯に血眼になって朝から晩まで全存在で没頭し、毎日毎日、熊やら（以下省略）に憑依し続け、――こんなもんどう見たって実際の生活からの逃避であるが、それがたとえ逃避であったって幼いこの姉妹のこれらを夢と云わずしてなんて云うのだろう――袋ラーメンを啜りながらもナンシー、キャロルなどと呼び合い、心温まる物語を作り上げ、熊への投影は確実に幼い子供の実生活を支配していったのだった。そしてそんな夢のひとつひとつ、すなわち「家具」は、だいたいが一個六百円ぐらいが相場やった。六百円。大金もええとこである。欲望はさらなる欲望を連れてきて、私らもなんかここらで一発、ガツンとした家具を是が非でも手に入れたいもの。そう思うようになっていった。そこで私たち貧乏姉妹が会議に会議を重ね思い巡らし抜いた果てに狙ったものは、そこら凡百の家具のその上をスキップで駆け抜ける超目玉家具、なんとお値段千円の「暖炉」であった。ひゅう。かっこいいぜ。未だ誰も購入したものがいない伝説の「暖炉」が我々の家に入ることで必然的に「あの家はちょっと、ちゃうな」ということになり、貧乏ながらに、いや、貧乏だからこそ、ここでキバらないいつキバるねん、ここが我々の本当の世界なのよを証明するが如く、がっぷり大きく出たわけだ。それからというもの我々はパピコをあきらめ、うまか棒を見送り、よっちゃんイカを無視し、血の滲むような倹約に倹約を重ね、とうとう千円という幻の大金を手にしたのやった。

「行くで」「行こか」我々は頷いて、ファミリー代表の姉が、お揃いのオーバーオールの胸ポケットに千円を入れてしっかりボタンをかける。目指すはこっちでいうところのスーパー西友、けれども我々の心にとっては巨大デパートメントである、イズミヤ四階おもちゃ売り場である。子供の足で片道三十分の大冒険。暖炉。ああ暖炉がもうすぐ。我々はなにがなんやら興奮し、鼓動はばっこんばっこんして足はおのずと速くなる。シルバニアファミリー以前、生きるか死ぬかの形相で奪い合っていたブランコがとてつもなくしょぼく思える。ビー玉でちまちま遊んでいる弟が微笑ましく思える。暖炉。暖炉。もうすぐ冬やけど何も心配いらへんわ。みんなであったまるんや。その思いに照らされるとなんと今までの町が色あせて映ることよ。今はもう魔法の解けてしまったそんな光景を見送りながら熱心に歩いているうちに、私は急におしっこがしたくなった。や、おそらく急ではなかったのだろうが、倍倍ゲームのさらに倍になってた緊張で尿意は意識の裏へ押しやられてたのであろう、途中、公園のトイレをちらっと見たが、暖炉暖炉。我々はわき目もふらずに歩き続けたのだが、イズミヤの輝かしいマークが見えたその刹那、小さな膀胱と緊張が緩んだ小さな脳みそは一気呵成に疾風怒濤のタイアップ、我らがイズミヤを目前にして一歩動いたら尿が漏れる、や、漏れるというよりは噴き出すという緊急事態に陥ってしまって、恐るべきことに併走していた姉もまた、同じ事態にキンキンに窮しており、足をクロスさせてなんとか噴出を防いでいるのやった。

「みえこぉ！　動いたらあかん、じっとして、ちょっとじっとしとき！」叫ぶ姉の声を聞きながら私は自分の膀胱と尿道に問いかけた。いける？　いけるのんか？　膀胱は答えた。うん。大丈夫。あたし全然いけるで。っていうか、こうやってじっとしてるのも何やから、走ってもうて。トイレすぐそこやし、はよ行って。行けるはず。みえこやったら行けるはず。その声を聞いて私は「トイレえええええ！」という絶叫を残して姉の号令を無視し、駆け出したのやがトイレまではなんとか辿り着けたものの、あのオーバーオールの肩んとこのあのがちゃがちゃが、あのややこしいがちゃがちゃに手こずりまして結局、おしっこ漏らしましてん。おほほほ。噴出しましてん。和式便器をまたいで下半身はおしっこにひたひたになりながらトイレから出る術《すべ》も見失いただ立ちすくんでいると、しばらくして尿意を落ちつけた姉がやってきて、スチャっとトイレを済ませ、「あかんかった……」という私に「待っとき」とだけ云い残し、結局、あの我々の血そのものである千円、あの涙そのものである千円で、何も云わんと三階下着売り場で三枚一組のパンツを買って私にそれを与え、私はそれを穿いてそして黙って二人で帰ったわけで……。

しかしながら「ここまで来たらば目的は達成されるべきであって、おしっこで濡れてはいるが、我慢せえよ、そのまま帰ろうね、お風呂に入ればいいのじゃよ」というプラグマティックな考えを持ってもよさそうなもんやのに姉は迷うことなくパンツの購入を選んだわけで、姉は毅然としていたわけで、千円をパンツに換えてしまった私をボコったり責めたりしなかったわけで、今思い出してもこう、暖炉はあかんかったけどもっと大事なもんを手に入れたというか、ほかほかとするというか、なんていうかこの出来事は私にとって姉との大切な大切な思い出であって、こないだ電話で話したときに「あんときさー、私さっちゃんほんまにありがとうって、思ってんで」とちょっと照れながら云うと面倒臭そうに「はあ？　シルバニャなに？　は？　暖炉てなによ」って云うので、なによー、うふふ、忘れたん、もおー、あかんなあさっちゃんはあ、とか微笑みながらそれはね、つって説明しようとしたら「ちょ、スマスマ始まったわ！　切るわ！」とか云われて電話切られて、シルバニャって。あははん、さっちゃん、あの頃我々はいっつも一緒で、我々の夢の住処であったのはシルバニアですのよ。我々は確かにそこで、熊とウサギのキャロルとナンシーでしたのよ。

かろうじて夏の夜の幻想

今年の夏はどっか夜店に行きたかったなあ、あのうす緑と桃色の、練乳をはさんだあの、上あごにべったりくっついてまう、あのみるくせんべいが食べたいなあと思ってはいたけれど、仕事や無気力、日常の瑣事、なんだかんだで、結局夏だろうが正月だろうがあんまり変わりない毎日になりそうで結局。あのみるくせんべいは、夜店でしか売ってないのか。駄菓子屋っていう手もあるけれど練乳やら色々手間。第一それだけ家で食べたってねえ。

去年の今頃の日記をはらはらとめくってても、なんというか、たとえば日時はかろうじて記してるけれども、気概を抱きもせずだらだらぐつぐつ書いてるのが多いので、日記の本分というか、本来の特性がこれ存分に欠けているのであって、何がいつでどうしたなんだか不明。いつも同じようなことを同じように思ってるだけで、こんなとこに行ってこの人と会って、みたいなことが書かれていない。ごく僅かなことしか。まるで思春期まっさかりの日記さながらで実際的にはなんなんとして終わりなき思春期を生きてはいるもののそれは絶望的に知っているんですけれども力が抜けるのもまた事実。せめて日記ぐらいはバシっとこうなんか無機質でなんかドライな、そういう「今日の天候は曇り。九時起床。昼食を済ませ仕事へ。そのあとにタイ古式マッサージへ行った。電子辞書を手にとって見たが買わずに帰る。夕方遠方の友より電話。夜、九時に就寝」みたいな、こういう記述にこそ感情が匂い立つ、それがいいんじゃないか。優れた日記というのは無機質が交錯するそのすき間からそれをやってのけるのであった。武田百合子は交錯する視線からそれを。

で、去年の、今日の日記を見たら祐天寺のお祭りに行ってんの。覚えてるけど、あのときは偶然行ったんで、みるくせんべいも食べなかった。それをそのまま書き写して今日は終わり。字もひどい。原文そのまま。この感じからして単に眠たかったのか。

「下が土でなくコンクリートの寺付近。砂を引きずる音もなく、ぼんやり白く光る広場を円になって笑顔で皆さん盆踊り。わらわ提灯の揺れ方発光。なかなかに霊的、存分に鎮魂的。皆さんほんとに楽しんで？　踊るの大好きなんだって。私は今にも泣き出しそう。ばかりになって、だって怖い怖い怖い。思い出はおばあちゃんとのりくん、すーちゃん、まさみちゃん。さっちゃん浴衣、夜がもうこんなになってよ。子供の私はどこいった、ちょんまげも眩しい夏も夜でした。いつも取り合ってるブランコがひとりぶらぶらかわいそうやねえ、あの夜、あのとき、幻想が火花たててご挨拶、これからえらいしんどいけど頑張ってねみえちゃん、そうそうおなじ九時、柄もね。それでもあんときは砂あったで。ここコンクリートよ、これでいいん、これでいいか夏の夜も、祐天寺です。祐天寺でした。これはなんですかこれはいったい、な気分。思えば遠くにきたものよ？　私なんでここにおるん、なんでみんな同じほう回るん。なんで笑って踊ってるん。あれか、葬式のあのくるくる回ってるやつをにか、模してるのな。ほうほうにああ気持ちよ悪かった、提灯、提灯、（提灯そで）揺れるんやったらはっきし揺れろ。ああああもう、怖かった、沈黙に引きずられるわ。体が中からめくられてゆく思い。みんなの笑顔が、なんか青白くて」

四月、鉛筆をとっきんし忘れる

それまでの季節を洗濯機に入れたのは二十歳のこと。それをきしめんにして、きざんで乳液にまぶす。で、君の粒だった背中を保湿したのもいつかの荒れ狂う最大の四月のことであった。

君もずいぶん阿呆になったことでしょう。「書く書く、書こう書けるわそのときが来さえすれば　待つ待つ待つ僕は待つことが出来るのですから」

イメージが結ぶ早口で興奮してゆく物語が何十万回目の腹式呼吸を追い越してゆくのを、

「僕はいつか見ます、見るでしょうから」という万能台詞や決心も、あれから永遠みたいな八年を経てお別れもなしに君の襟足からでで、と出て行ったのをちら見しました。

私が愛する君のためにそれを摑まえなかったのは単純なことで、そいつの首ねっこを壁にぶち抜いて留める削ったばっかしのとっきんとっきんの鉛筆を持っていなかったからなのでした。

猫マーク

みんな知ってますか。我々が使うびっくりマーク「!」と、疑問があるとき使う「?」マークは、猫をお尻のほうから見た模様なんやということを。上の部分は、びっくりしたとき、および疑問を持ったときのしっぽの形、下の黒丸は猫のお尻の穴だということを。

怒れる椅子を粉砕する手間も暇も

で、犬でも人間でも、怒ってるときというのは、自分が正しいと思っているときに限られる、というのをどこかで読んだことがあって、そうですね。昨夜観た映画の中でも皆が伊藤に怒っていた。「怒れる」というのは自分が絶対に正しいと思い込んでる証拠なのだからして、そんな習慣の絶え間なく爆裂してゆく世間の狭間でこそ、呵呵と笑える人間に成れればこの世はどれほど自分にとって有効利用出来る場であるか、往来の癇癪もちの私には想像もつかない。当節怒りを弁当にして残りの午後を頑張る、というような現代のサイクルに知らないうちにはまり込んでいて、もう慣れてもうてるわけである。けれどもこんなにも世界が広がってあるのなら、どこかには「注意はしますが決して私は怒ったりはしません人」という集団もいるんではないの。いるんじゃないの。いいじゃないの。私だって入りたいじゃないの。

　でもま、怒りというのも、どうもじっと見てみると伝統的な愛のいっこの表現方法でもあるわけで。激しく怒り合っている二人というのはどこか上のほうから誰かがいいタイミングで指をパチンとならせば解かれたように抱擁家族に転じることもありえるわけであって「世間の常識から見て、相思相愛の仲だと思われてる人たちに——あなたがたがもし諍いを起こしたときは、おたがいにこう云って欲しい。『どうか——愛をちょっぴり少なめに、ありふれた親切をちょっぴり多めに』」コンクリの上、蟬の鳴き声の突き刺さりをうまい具合に除けながらカート・ヴォネガットが通り過ぎたあと、私はおみかん食べながら、自分の仕事に溜息つきながら寄る辺ない立脚地点を靴箱に収める。愛は負けても親切は勝つのやよーか。

ロシアンルーレットは遊びやないのやで

交通事故とか一方的な傷害や天災や事件に巻き込まれたりなど、そんなニュースを見たり聞いたりすると、や、人生には、というよりも世界にはどこぞに巨大なロシアンルーレットが備え付けられてて、毎日毎日、何発も何発も弾は撃ちまくられてて、なぜか今日現在、自分や周りの友人らに当たっていないことが不思議なもんやなという気持ちになる。強制参加の本気のロシアンルーレットゲーム、一律に制限時間付きではあるけれども。それにしても撃ってるのは誰やねん。あなたがたの目的はなんやの。てゆうか、そのロシアンルーレットどこ製。

サボコを救え！

私は上京したときに一日早く着いたのでガスも電気も通ってないままに心細いし寂しいし誰もおらんしで、ぐるぐると近所を徘徊していたらその日にばったり見つけたサボテン。まあまあ大きいのを持って帰ってサボコと命名。

それからは日光浴をさせたり撫でたりものを飼うという典型である恥ずかしさが露骨すぎて私、恥ずかしいのであるが「サボコ、私には今日いいことあってん」とか、「今日はサボコ、レコーディング行って来ます」などなど跳ね返る言葉はないにせよ話しかけたりしてかわいいのです。そんな風にこの砂丘のように硬い東京で初めから一緒にいるなんというかサボコ。

それで去年まではにょきにょきと驚くほどに元気に伸びてたのですが今年は文字どおり伸び悩み。これって冷夏と関係あるのかと思いつつ、サボコを見やるともう明らかに様子が変であって皺皺しててなんか全体的に縮んでるような気がするのであって、植物のことなんか特許申請にまつわるなんやかやのごとき判らぬことしか頭の中にはないのに根っこのほうはまだしっかりしてるな、などとお気楽検分かましつつも増殖する不安に弱々な蓋を連投するも去年まで青々むっちりむっちりしていた先っちょのとこがぺらっぺらに痩せてやっぱ不憫。なんとか残ってる力で辛うじて維持してるようなそんな感じ。それで「サボテン相談室」に急遽電話。前まで恵比寿にあったこの相談室、なんと今は銀座でしかやってないとな。状況を説明すると直射日光避けてちょっと様子を見てくださいとまあまあ悠長。だがしかしこの心情は他人の悠長を受理出来るほど聞分けることが出来ず、気になって気になって、早く気づかなかった自分自身への呵責もあるが家にいて私に出来ることがないのだよ。結局土は変えたほうがいいし一回診ないことには判らんわと仰るのでどうしよう。しかも引取りも回診もやってなくてこんな大きいのは運ばれへん。ほしたら、とほかの植物園を当たってみてもサボテンは駄目、うちはリースのみ取り扱い、全部そんなこったら無理で、こうなったらば私が大きいサボコをなんとか折れないようにして銀座まで持っていかなならん。

録音録音仕事で忙しく時間勇ましく飛び過ぎ、夜帰って来て油田のようなテカリ具合で日清のカップヌードルを食べる生活の中、ベランダを背にして月灯り、私を待ってたサボコが、ほんのり逆光「みえこよ、私はもう、疲れたよ」って云ってるよな気がしてちょっと揺れてる気までしてちょっと二重に見えたりもして。ではこれでこの度はさいなら、を云われた気がして平身低頭で駆け寄る。もうちょっと待ってくれはってな、と念じつつも、なんでか時間が取れない一週間というものが確実にあるんであって。そうなれば自宅で自分で土などを購入・搬入しなんとか手引きなどに導かれて読んで根っこ切ったり肥料入れたりがいいんではと思うも、もしもその行為手順意気込みに問題があり腐ったりなんかしたらあんた、この後悔はいかほどか。大体そっちのほうが時間かかるやんけ。とま、色々でなんとしてでも専門家に診せるべきであったと悔やむのはめきめきに明らかである。

で、救出。ある晴れた平日の昼下がり。とげと身がぶつかり合わんように新聞紙を揉んで全体に挟みこみ根っこがぐらつかぬようにどこからか出てきた具合のいい発泡スチロールでがっつり押さえて、振動を最小限にするべくそば屋の配達スクーター後部の原理を当てはめバスタオル、プチプチでぐるぐる巻きに固定し、軍手着用、タクシーに斜めに抱きかかえて同乗し、銀座まで行って来ました。途中、とげが私のでことタクシーの天井に刺さって白い汁が出てました。あ、と思ったけど、ま、放置。

あらかじめ電話で色々と相談していた「サボテン相談室」は皆心待ちにしていてくれて下まで迎えに来てくれた。心強くて嬉しくて心強い。てきぱきが人の形となって展開されている。これでサボコがちゃんとなる。で、鉢も大きいのに替えて、根っこも切って、肥料も入れて、一週間、預かってもらって我が家へ帰って来ました。いい感じ。でもサボテンって、器にあわせて生長するらしくあんまし大きい鉢にすると、どんどん大きくなって、植え替え時には難儀極まりなくそれがちょっと心配なんですが。庭なんかに植えてるのテレビで見たら大木になってたもんね。出来ることを出来てよかった。私は後悔を極度に恐れる節があって軟弱ではあるが仕方あるめえ。うまくいくと、私よりも長生きするやもしらんのよサボコ。

牡蠣犬

今日は昼間ナマの牡蠣カレーを食べてたら、一瞬ぷうんと犬の匂いがした。犬の足の裏あたりの悪くないあの匂い。で、一緒に食べてた人に、犬。犬の匂いが今してるけど、どう。ときくと、うん、犬の匂いがした、というのであるが誰の出入りもなくもちろん犬も不在。くんくん検分すると犬の匂いの正体は牡蠣の匂いだった。牡蠣をスプーンで割るとぷうん。割るとまたぷうん。もくもくと、犬の足の裏を嚙む。

隅田川乱一とランボオが私の経験に遊びに来はる夜

冴えない毎日はなんのためにあるんでっしゃろかと鳩に問うても答えてもらえるはずもなく、たとえば私が今、仮に冴えまくっているのだとして、では果たしてその冴えまくっている毎日がいったいなんのためにあるのかっていうとそれってばやっぱりなんのためでもないんであって、そう、私にもあなたにも人生はあるのだけれども人生はやっぱり恣意的なもんであって、なんのため、などという問い自体がちゃらしい。ちゃらしくてあかん。何もしてまへんのよとか云ってみても結局人は色々をしているわけであって、見たままを書きたまえよ。や、書けなかったとして見たという一回性の大事実を全存在で知りたまえよ。それだけは私の経験だ。肉や穀物。洗濯物を干す女。

隅田川乱一の粋ナンセンス文を寝る前に読んでわけもなくしんみりとした気持ちになって気がつけばベッドから浮き上がっていた数センチ、野中ユリの詩を読んで絵を見つめれば真っ赤な銀河にランボオがそらまあ賢い顔して立ってってさ、アレー、砂漠に行ったんとちゃうのん兄ハン、なはんて突っ込みながら、千里眼でなければならぬ、千里眼にならなければならぬ、そうやって地球で宣言しはった兄ハン、そっちからこっちよう見えてはりますか、野中ユリのおかげで私はまたランボオに会えてしまった、今夜。

猫パニック

こないだレコーディングに行くっつうんでそれは早稲田って駅に行くと着くねんけども、私の家から行く場合は永田町ってとこで乗り換えて東西線に乗らなあかんねんけど、なんでか私勘違いしててな新宿に出てもうてさ東西線なんかどこにもないわけよ水色の標示が、ほんでさ、駅員にさ、私は早稲田に行きたいって告げたらすんごいぞんざいな態度で、は、こっからはムリなんじゃん、みたいな態度でさ、なんやねんと思って普通やったらいいねんけどさ、も、すんごい悲しかったわけよ、で、なんか私が気に障るようなことをしたんかって聞いてもなんかぞんざいな態度でまあ11番線に乗って高田馬場に行って乗り換えろというから走って11番線に乗った、そしたらそれがほんまに合ってるんかが不安になって誰に聞いてもなんか引いてて大きい声で聞いたら二人、違うことゆって、そのとき私は高田馬場が飯田橋に間違えて頭にあって、わけ判らんくなって、どっかで降りて、なべちゃんに電話したら猛烈に腹が立ってきたわけ、すっごいすっごい私は困ってんのにそんな普通の云い方じゃ辿り着かれへんからこうして電話してるのに、もう心臓がどきどきしてどうしようかと気が変やのに、飯田橋と高田馬場も判らん、もう判らん、でも今日は四年間温めてきた大事な曲のレコーディングで一切が台無しになってもうたわってもうムリやわって、それでも乗って、タクシー乗り場までがでら遠くて私は早稲田に行かなあかんのよ、で、おばさんが教えてくれて、そんなおかげで東西線には乗れて、もう苦しくてしんどくて今日の録音のことを考えたら涙が出てきて、なんで大体私は乗り継ぎも人並みに出来んくてそれが元凶で私はここで何をしてんのかと、そうやってくらくら改札出ようとしたらばーんって挟まってもう死んだ。涙がばあっと出て東京メトロとか知らんし早稲田に着いたら出口間違えて見たこともないとこに立ってて恐ろしい、それで電話したら迎えに行くつっても私が今自分でどこにいてるのかも判らんのに何を誰を何処に迎えに行くん、すっとんきょうなことも怖くて苛苛して悲しくてタクシーに乗ってしばらくするとスタジオに着いた。猫パニック。

だからこの自同律が不快なのかしら

なんらかの神がいる、でもってその存在を信じている、つまりなんらかの宗教に属してる人を、無神論者の人は笑う傾向にあり否定する傾向にあるけれども「神がある」「神はいない」と主張する点において両者はまったく同じであるわけであってつまりどちらも「ある」「ない」、どちらかを「信仰してる」ということで大丈夫なのかしら。

人は論理に則って思考するとき、論理を「信仰」してはいないだろうかしら。1＋1＝2を「信仰」してはいないだろうかしら。人々が「私」と発語するとき、その無反省さの根拠はどこにあるのかしら。「私は私である」つまり立派に「自我」を「信仰」しているのではないのかしら。「信仰」に理屈は不要なのだからそれでいいのだけどもいいのかしら。言語を持たない脳と会話することは出来ひんし、我々はやっぱ「言語以前」を知らないのだったし、ここで行われてることってつまりはいったい何かしら。

埴谷雄高の生涯を賭した仕事についてサラダ巻きを食べながら考えて、果て果て、言語以前の世界をいかにして言語で語るというのかしら。「無理だと判っていても、やるとやらないのでは、やったほうがいいんでね」。ここんとこ、絶壁男前埴谷雄高は今も鰯やアンドロメダに睨み睨まれつつを宇宙のどっかで続けているのかしら。

帰京、もしもし絶対者さん

疲れて新幹線。いや、そんなに疲れてなくても新幹線に乗って。乗ってた。シートの後ろから足の先がごんごんとあたるんでしょうけど、ちょうどその振動は私の胃の真裏で、そういうのに私は瞬時にほんとにかっとしてしまうので、すごく苛苛とし、またもやぼんぼんと後ろの男が隣の女と笑うたびにぼんぼん、私は身を後ろへ乗り出し「あたる、足」放ちしばらく見やった、そしたらなんか私が非常にならず者というか心狭き者のような体でもってさ、いくつもの視線は厭な感じだった、確かに堪え性の無いのは事実、少し憂鬱になればうつむくことも苦しい、新幹線は途中で降りることがなかなか出来ない造りというか目的になってるから、苦手、それは点滴と良く似ていて苦手、すごく苦しい、苦しくて苦しくて息切れがする、こめかみがきゆつきゆと軋んでいいとなる、わあ、と云って窓ガラスを叩いてしまいたい気持ちになる、でも叩いたところで何がどうなるわけでもないので頭の中で私は叩くので、そうすると窓際の男性が、「そうでしょうそうでしょう私の分までめいっぱいとことん叩いてください」と云う、私はあら本当。それは本当にありがとうと云って、目的を持たぬ衝動、ああそんなことをいつまで云うのかやればしんやればしんと手首を分厚いガラスにぶつけてゆくのである、無論ガラスの勝ち、手首はいつもこんな調子で青くゆるやかに腫れ上がる、最近は、特に夢見が悪くてかなん、最悪の時期のよう、泣いてばっと起きて非常に苦しい、苦しくて苦しくて起きてもあんまり区別がつかんから濃さ増え、ああもう、が膨張して体の感覚は実際的になってきて、大変、恋人と眠っていたときにも怖い夢ばかり見ていて人によって対処の仕方が違うので寂しい思いを余計にすることにもなったり、けれども小さな子供が羨ましい、泣けども理由を聞かれても答える術がないというのは両者納得の上で泣きやむまで抱いていてもらえるのであるから、こんないいことってない、顧みるものがなくてよろしい、私は羨ましい、小さな甥が夜中怖い夢を見たと云って泣き出し母親である姉はママがいるから大丈夫もう泣かんでだいじょうぶとこちらが泣きたくなるくらいの慈愛が零れだすような声と包容力でもって抱きしめてもらっていた揺らしていた、私は寝転がって眠れぬ体を暗闇にごろごろとしてそれを見ていた、次第に甥は泣きやんで安堵がふうっと就寝、私のこの大きな体とこの言葉と言い訳に満ちている脳髄は黙って抱きしめてもらうにはもう充分に汚れすぎてるのであって鼻がつんとした、私だって欲しい、私がいなければ文字どおり生きていけない絶対者を、私がいなければ呼吸の出来ない絶対者を、決して私を忘れることのない絶対者を、でもそんなのは絶対にないのであって、いわばそれが悲しい擬似の恋愛であっても私は恐れないでいたい、私はいつか結ぶのである、私がいなければあの目もあの指先も瞬時に息が止まって死んでしまえばいいのに。

排水溝の神様おりはりますか

私は銭湯育ちですから銭湯に行くのは慣れっこなのやが、銭湯に行くのは別段のなんていうの、けっこうな奮起が必要であることもまた事実で、銭湯というのは凡そ奇麗と汚いが同時にある場所であって、女体を軸にした時間の様々な横顔が列しているのであって、その事実が私を硬くさせるのであった。お湯に浸かっているのによ。硬くさせられるわけよ全身。本末転倒も甚だしいが、髪を洗う、体を磨く、古くなった角質を泡で包んで流すという行為に私はいつも絶えず少しちょっぴりと緊張しているわけだ。銭湯は第一に体を清潔にしに行く所なのだけれども排水溝に渦を巻いて誰彼のもの構わず、いっせいに入り混じり流れてゆく死んだ毛やら泡にまみれた集合体の細胞やらを見ていると、なぜそんなに急いで排水溝へ飲まれていくのか、さっきまで私の生成の一部であったのに、いつか私自身がこの体を納めなければならない場所への入り口に思えてちょいぞっとする。そしてその直感兼想像が間違いないように思えるので私は出来るだけ排水溝から遠い場所を目敏く見つけ、シャンプー入り洗面器とかで確保するのだった。

よく似たものは台所の流しの穴。あれもなんだか生活圏において直視するのに勇気が要るもののひとつであって、手を突っ込むのが少々ねえ。自ずと手を抜きたくなってしまうんではという気がしないでもないのであって、それが少々訝られるのであった。台所の流しの穴も銭湯の排水溝も飲み込むものは少しずつ違うかもしれないが、それらの行き着くところは結局同じような気がするのだった。同じものが待ち受けているような気がするのだった。台所を管理する難しさと風呂場を管理する難しさは非常に近しいものがあって、日常での何気ない拘わり方とて難しい。私は子供の頃からそれが苦手で今も明日もずっと苦手。

それと比べて便所にまつわる出来事は凡そ簡潔で、そこに流されるものといえば糞尿いわゆる私にとって未練のない明快なものばかりであって、こんなに清清しい契約もないやろう。月に一度、血が拘わることもあるけれど、血は血であって、私にはそれが「生理」そのものとはある一定の隔たりがあると感じている。そして生理は血であるかも知れないが、血は生理ではないというような。そんな明快な便所の穴をお尻で塞いでじっとしているとへその底から気持ちがゆるんでくる。ここにも何かがあるのかもしれない。

便所には不細工を器量よしにする神様、台所の流しには昔から「めばちこ」を治したりする神様がおりはることで有名だったりするのやが、銭湯の排水溝にはなぜか神様がおりはるという話はついぞ聞かないので、それはいったいどういう都合から来るものなのかどうか。それともおりはることはおりはっても、私の町では噂になっていないだけなんやろうか、って衣類を放り込む木製のロッカーは西も東も一様に同じ特殊なにおいを放つね。

そんなことしたら地球を壊す

隣の国の暴れん坊将軍が「そんなことしたら、地球を壊す！」とかゆうてるのをテレビで見てあんぐり。「地球を壊す」。なんたる強烈なコピー。私はこれを何回も頭ん中復唱しました。地球を壊す、地球を壊す、ちきゅうを壊す。ドラゴンボールなのかよ。地球上に住む人間が地球を壊すと大真面目に云ってる、云ってるのだよと友達に興奮して電話した、この意味判る、この違和感判るかと興奮したのであったが友達はほんで何ヨとそっけない。発想というか着想というか、想像力があるのかなんなのか、あの発言には判断が不可能な今日である。大体「地球」と「壊す」を声明の舌の上で結ぶ感覚。「地球上であなたの肉体が占める割合とかって考えたことある？」とか訊いてみたいけど多分地球ってどっか自分とは別のとこにあると思ってるような気がするぞ。まあ別物であるのだが、ここで云われてるのはもしかすると私の思っている地球ではないのかもしれないような気もなんとなくする。断然してくる。暴れん坊将軍にとっての地球はもっと何か別のもの。誰かが小さい頃からそんな風に教えてきたような気がする。そしてそれが冗談でも比喩でもないところがまた切ない。「僕の自意識は宇宙を飲み込むの」とかの切なさじゃ全然ないわけよ。事実として地球を壊せるって思ってるわけなのよ。キャンなわけ。地球を壊すって。出来ることなら出来ることで仕方ないけれど今までに地球を壊した人はまだいない。地球って本当に壊れるんだろうか。言葉はそれだけで完全な可能性。

女子部が悲鳴をあげますよ、そら。

生理が来るたびに最近の私は、つっても二十八歳くらいから、生理自体が無駄なような気がなんとなくして誰に対してかなんか済まない気持ち。今月も受精がなく、来月も受精の予定もなく、ま、仕方ないけれども、機能を果たしていないようなそんな感じでもある。ううむ。初潮の思い出は辛く、自身の一切の変化、驚きに耐え難く、むろん母親にも云えず、処方も判らずに、なんとか処置の仕方を必死で考えついたのだが、その方法が圧倒的に間違っていて、なんと私はテープ面を女子部に当てていたのだった。ががん。痛いよ。はじくよ。キツいよ。私はあのときの私を抱きしめてやりたいのと同時に、考えたら判るやろと叩いてやりたい。吸収率、あんまよくないなぁ、とかオロオロしながら頑張っていたのである。家に生理用品が特になかったので友達にもらっていて凌いでいた。ううむ。時が経つにつれ、用法が明らかになったときの私のあのなんとも云えない完敗感というか、アハーの体験というか、ユリイカ!っつうか。生理用品の本来あるべき姿に私は本当に感激したのだった。で、母親には生理が来たことを丸まる二年間も隠し通したのだったが、ひょんなことからバレたとき、マジで死にたい思いだった。人生で初めての具体による絶望。友達でも「みんなで赤飯食べた」なんていうのはとても信じられなかった。はあ。しかしこんな風に書いたり出来るようになるとはなあ。なんていうの、複雑。

子供は誰が作るのんか

雨も上がり、私はなんと食パンを食べた。今日中にしななならんことは色々あるのになんでか気持ちが追いつかん。青い夕暮れにカラスが鳴き鳴きカラスの歌あるやん、酒焼け風味の声で歌ってみたら我ながら泣けてくる。かわいい七つの子があるから、カラスは鳴くのだそうだ。

母親が「歌とか色々、大事なんかも知らんけど、やっぱりみえちゃん、ひとりは子供を、生んで」とか云うんよ。このリクエストどうしたものかしらん。しかし私ら僕ら、生まれてくるのに明確な意思は無かったわけで。誰かのリクエストを引き受けて生まれてきたわけではないのであって。気が付いたら自分がおった、これだけ。生まれてくる子も多分それだけ。しかし、私は責任追及されるのがなんとなく嫌で、無いところに有るものを、わざわざ作るのは私がやらなあかん仕事でもない、ってな風にも思うわけだ。これは飽くまでも想像力を欠いた脳で考えてることではあるが、まあそう感じるのも事実なわけであって、最近はどうもね。

私は子供の頃、貧乏な家で育ったので食べるものがあんまりなくていつもお腹が減っていて、冗談ではなく身の生存の危険を感じていた。その人生での「実存」としてのしんどさと、存在論的の問いとしての「生成」には今考えると厳密には関係ないのだが、子供の頃はごっちゃにして、生まれてきたこと自体を色々な方面から呪うようなそんな始末であった。もしかしたら大きくなった将来、そんな風に絶望的に思うかもしれないであろうところのものをわざわざ作りたくはないなあと数年前までは思ってたわけ。今思うとちょっと越権的な、僭越な考え方かなあって思いますけど。

ある劇作家は冗談なんかなんなんか、や、私は結構真面目に思ってはると思うねんけど「自分が今までしてきたことを思ったら絶対に奇形児が生まれると思うので、わたしは子供は作りません」とか云ってる。科学的な因果関係なんて皆無やのに、たとえば医大で人体の臨床実験を長年やってきた方なんかも、奥さんが妊娠してるときには、私はこれまで人にとっての正義のもとに残忍なことをしてきたが、この子は無事に生まれるのだろうか、みたいな心境にどうしてもなると話してた。

や、人間というのは科学的であるかどうかの援護よりもそう感じればそう感じてしまう、そういう機能そのものなのだと思うのであった。私の場合はちょっと違うけど、やっぱり子供を生んだらその子もいつか、自分と同じように私に訴えかけてくるような気がしてならなくて今からなんか言い訳を準備しておかないといけないような、養老孟司氏が憂う典型的な都市化された脳であることよな。自分の気質とまだ見ぬ子供の気質に関係をみているそんな始末。

だからあれですね、自意識過剰は色々と不幸なことが多多あるということで、人々が前向きに、大きく、明るく、明日を笑顔で生きていこう、と判り易い言葉で大げさに励ましあってる意味がなんとなく判ってきたりもするぞ。何が幸せか不幸かは判らんが、ネガティブに物を感じることは結局しんどいものよ。根暗はしんどいものよ。だからといって仮に明るく取り繕ってしてもそれがその人にとって自然じゃないならひたすらにしんどいものよ。

埴谷雄高は「子供だけは駄目なの」って何回も奥さんを堕胎させてるし。避妊に関して何か思うところがあったんやろうか。やはり自分の人生に対する感想と子供というものに対しての感想は繋がざるを得ないのかどうかしらん。そこんとこ打っちゃりたい気持ちはあるが打っちゃる術がないもんでまずはその習得から始めよう。始めたい。

子供生んだ友人に色々訊くと、子供が出来て子供を生むのは理屈じゃなくて自然なことなのと口を揃えて云うわけだけども、でも子供は二人まで、うちは一人で充分とか、同時に云うわけであって自然やったらどんどん作りゃあいいじゃないの。理屈じゃないなら、二人目と三人目の差はなんなのだろうかと、ちょっと思う。や、だいぶ思う。

御予約席

青春と呼ばれる運動場の地下をただただ懸命にひたすらな情熱だけを握り、せせら笑われようとも同情されようとも打ちのめされてもただただ走ったり歩いたりしながら野菜ジュースのパックを勢い余って握りつぶしてみたり諦めたり最高と最低、を流したり受けさせたり踊り罵り結婚と貝殻潰したら涙がとらっと出たの見たら大好きな君も今はまだ確かに生きているのであってから、ちょっと嬉しくて、で胸が溢れかえりそうになったので慌てて別椀に移し替える。いんや、ほんとに命懸けだったのにふいに道に迷ってしまうんだからなあってほんとは迷ってもなんもなくて判りすぎていると思い込むことが青空の下何もかもを白く焼いてしまうんだったから参ります、くる週くる週。

スペースはゼロっつうぐらいのもんで

やっぱ財布やっぱ落としたわって思って二日間ほど騒いで沈んで電話して、色々もう止めてまうわの直前、机の上にあった。なんやそれ。四万円くらい入ってたはずのつもりが千円しか入ってなかった。なんやのそれ。

昨日は平沢進のパフォーマンスを観にいった。全労済スペース・ゼロへ。六千円也。時間にして一時間と少し。あッという間の出来事であった。隣に住んでるペインターの牧かほりと舞台美術家の志保ちゃんと新宿の平沢世界へ入ってったのだが私の笑いがまたもや炸裂。人は判断がつかぬものに出合ったときには防御の一工夫として感情の解脱した笑いを生む装置を設置しているものであって、私はブランコなどを高く漕いだりするとその装置が稼動するので甚だ迷惑ゆえに最近はブランコに乗っていない。なんというか、私今腹筋が痛い。彼のパフォーマンスを体験するのは初めてだったんですが、ううむ、なんと云えばいいのか。音源をヘッドフォンで聴くことが、私がこの人の音楽を受ける方法としては適当かもしれんと思った。演じ中は一切のお喋りもなく、最後、さよなら、とだけ仰って、その云い方がどうにも「早く帰りやがれ！　こんなもんありがたく聴きにきやがって！　お前ら阿呆か！　俺は実はお前らなんかみんな大嫌いだ！」と云ってるように聞こえて裏腹という素敵を垣間見る。いいね日本語文化。それを皆、こう、拝受致します、みたく至極丁寧な受けであった。テクノ×宇宙×大げさ×神話調×軍モノ×思い込み＝平沢氏の昨日のパフォーマンス。しかし何故場所がスペース・ゼロだったのだろうか。パイプ椅子やったし、紺スーツに北斗の拳仕様の皮手袋の女性が握りこぶし捧げてたのに釘付け、体育館みたいな場所でまあシュールだったけれども。

芸術御破算

「空の美しさにかなうアートなんてあるのだろうか？」

これは断言でなくて問いかけなのだけれども、ま、こないなベタなことを思わずなんか偉いことのように云ってしまったのは小野洋子氏であるがそれはさておき、夕方、もうどうしようもない脳を抱え、ふらふらと寝間着のまま外へ出たらば頭上眼前広げられたる馬鹿馬鹿しいほどの鱗雲にしばし直立不動。いわゆる直立不動よ。はーらーまーとか口に出して顔を空に向けながら歩けるとこまで歩いたが、別にそんな頭を持ち上げなくとも空は続いているのであってそれにしてもあの完璧さよ。ベタであるが自然の完璧さよ。完璧さん。芸術とは何か。それは苦しみでも救済でも意識でもない、自然と人間との距離のことであるのよ。なんちって、時折好き勝手に顔を変える感想を最近はあんまり信用も出来ませんがふてくされても何なのでぶつぶつ云いながらも私はこの胃袋を満たしにゆくのだからなあ。

改めて、芸術って何か。表現か。表現って何か。単なる言葉。それは単なる言葉なのです。とかゆうても気分によっては色々って。ピカソの後期の仕事は芸術か。判らないものを有り難がるその心性は芸術を愛でる何かか。苦しみ、悲しみの果ての救済された一縷の魂か。それを表現したものか。プロって何か。プロってそれで生計を立てることが可能なことか。形態か。ではゴッホはアマチュアか。そういう悪気なく発露してしまう戯言も嫌いじゃないけどそんなもんはもう、どうでもよろしいおす、と思えるお手上げの「美しさ」がここにあるということだけは確かなようなようであるのね。しかしその「美しさ」というのが本当に美しいものかどうかはまた別の問題だ。

そんなぼーとした頭を引きずりつつ、少し歩いたところに少々高いけれどもなんだかバランスの取れた定食を出す定食屋があって寝間着のまま行く。もう、私自身がじりじりと御破算である。何もかも御破算な体たらくで定食屋に入ってゆく。しばらくすると具の溢れんばかりの味噌汁、なんか付け合せが三品くらい、食後の柿、ご飯、煮込みハンバーグにとろんとした目玉焼き。それが私の前にさっと差し出されたのである。あッ、魔法。これは魔法。ごく控えめに云ってもう一度。お魔法。店に入る↓席につく↓注文↓ご飯、現る↓食べる↓会計↓店を出る。私は価値交換、このシステムに久々に驚愕しながらどきどきしながら定食を食べた。おかげで頭のほうでは何処に入ったのか判らない。あッ、気がつけば夜やよ。夜。夜がまた来た。来たわ。こんなちゃちい心象と常に同期していながら、誰にも何にも云わせず気づかせず、あっという間にすべてを変えてしまう、空のわざよ。宇宙の巨大な鏡、空の前においてときどきあらゆる芸術は御破算であります、とかいいながらも小林秀雄と江藤淳が喋ってる。バーゲンでその辺の奥さんが血眼になってスカートやらシャツやらを探すときっていうのは的確に一番いいものを選ぶものであって、そういう場合には美は床の間、机上にあるものではなくて生活的な自然美として正しく収斂されるという話が聞こえてくる。デパートと空とゴッホとコスメティック・ルネッサンスが膨らんだ胃の中で完成された彫刻を無言で懸命に梱包しようとしている。

それから私は巨大な髪の毛を想定する

なんつうか、ぐわんとポップに立体構築、女子の全部。電車の中で女子は膨張しているのだったから、唇、踵、髪の毛、鼻の穴。睫毛も膨張している。女子の声も膨張している。膨張に次ぐ膨張。膨張における膨張。電車の中で黙って立っていると、色々な人間がいるのだということを知っていますか。私は電車に乗るとちょっと夢中で今日は特に夢中なのであった。鬘のような頭をしてるのにじっと見ると頭皮からちゃんと毛が生えているので鬘じゃなかった髪を見て、その発見を書き記しておきたい欲にかられる。これもまた立派に熱気を孕む毛量。その中の特別な一本。その隣の髪の毛をじっと見る。ああ私は「毛」が好きだ。集合毛にぞっこんなのではなくてただ一本の孤独な「毛」に非常なものを、親密なものを、決してなくならないであろう情熱を感じる。髪の毛を、この何千本と絡まりそして規律正しく明日へ向かって生えているこの髪の毛群に指をいれて、特別な一本を指の先で毎日探す。何時間でも探す。そしてそれをハンズで購入した顕微鏡で見るあの至福。

電車で、人の毛を勝手には触ることが出来ないのでじっと見るだけである。女子の毛を見る。奇麗な艶のある紋切り型の髪の毛よりも私は癖のある毛が好き。しかも全体にうねりのある全体の癖ではなくて、一本を見たときに縮んでいたり曲がっていたりくねっていたり、なんていうか毛先に行くまでにちゃんとした物語的起伏のある毛が最高だ。そういうのをつまむとそこに秘められたる感覚の海が東映映画のあれより激しく暴れ出す。私はそんな髪の毛が宿る頭を一日預かりたいと思う。そういう一本的癖のある髪の毛を一本を探し抜きぷつんと抜いて、何度も何度も指でつまんで触りたい。耳のそばで髪をつまんで滑らせていくとしっかりと音もするのよ。

電車には本を読む女子と密接な距離で幾駅か乗合わす。電車はすごくのろく眠ってしまいそうである。このままどんどん速度を落としてなんだか止まってしまいそう。日差しが強く首がずりずりと焼けるようであった。

女子は新しい本を読んでいた。ちくまの本。ちらとみたら埴谷雄高の「影絵の世界」だった。影絵。女子は頁に目を落とし、しばらくすると宙をみやりまたページを睨み、唇を尖らせなんかぶつぶつと動かし溜息をつき、髪に指を入れ、私がよくする形に近い所作で手馴れた感じでいじり出した。彼女の今、髪の毛を触っている指の感覚を私は自分の指の先に感じ、こそばゆくなって目が離せずにああ気持ちがいい。埴谷の正しい直感と毛と指が奏でる音楽と、焼ける日差しと膨張する女子。

それらにうっとりしながら、「毛を私が見ている、私を見ている毛がそこにある、存在ってゆやあ、どっちも同じ」在る物は全部、在る物よ。それから私は巨大な髪の毛を想定する。私は正しく妄想する。大きな樹のような髪の毛一本。ドラマ毛一本。私の前に、現れた。私はそれを両手、手のひらで頰で確かめ、どんな小さな傷もおうとつも見逃すことなく、どんなささくれも見逃すことなく一日中抱きしめるだろう。そして真ん中を割いて、見たことのない毛の内部へと入ってしまいたい。人類の地殻への動機の如く私は毛の内部へ身をひねるようにして入り込みたい。女子は膨張、妄想も膨張、床も吊り革までもが膨張に揺れている。他人の頭の中身は判らない。判るのは存在してるということだけでそれ以上でも以下でもないとなんかゆってしまいたい電車の中。

紙くずが奇麗に咲くのだから

そこにどんな冗談がしゃがみこんでいるのか知りもせずに今日も打ち合わせで炸裂。

うまくいかぬことよね。音楽がそれ自体が楽しいとか難しいとかそういう場所へ辿り着く前のなんつうの、もっと事務的な仕事の憂鬱さ。なんつうの、ちゃちな政治としての難しさ。事務はてきぱきこなしたいぜ。仕方ないわねあるまいね。駅前の花がきれい。でも同時にあれは紙くず。首を一個一個落としながらバスに乗って家に帰る。あんな西日がごっついのに運転手、よう真っ直ぐ運転出来るわ。この人はなぜ今現在バスを運転するに至ったのであろう。少ししてバスの乗客が誰も黙ってることに気がついて全身がかゆくなってくる。あかん、ちょっと前もジムのサウナでやっぱりみんなが黙っていることに気がついて我慢出来ずに「あのう、みんな裸で、アウシュビッツみたいですね」とかゆうて寒くて痛い恥をかいたところなのに、今日も何か余計なことを云ってしまうんではないかとびくびくしていた。

この味を知る以前には戻れないのだよ

今日は家でごはんがススムくんを食べる。色々が煮詰まり液体と絡まる茶色の春雨が美味しい。もし私が将来、といっても今でも充分将来やけど、もしも万が一、養子でも子供でもなんでも私が教育を受け持つ対象が出来たりしたときにこの美味しさを教えていいものかどうかを悩む。これは病みつく。日清カップヌードルも。あれは熱湯を注いだ瞬間に内側のビニルが溶けて病みつき成分を醸しているというもっぱらの噂であるけれど私はあれを毎日でも食べられるのは事実で、去年初めてニューヨークに行ったとき、どこや、え、マジソンスクエアやのうてタイムズスクエアで日清カップヌードルの煌びやかで堂々巨大な姿を見たとき、ああ、私はあなたを知っています、とても良く知っています、と少々誇らしげに思ったこと。

精神よ、黙って体についていって下さい

醜いこの体。弛んできた皮膚。足の殆どの部分。年を取ってもっともっと汚くなっていくのかというベタなことを考える、というよりは頭の中にその危機をぐさっと突き立てられる。誰に。ときどき、でかい鏡とか歩いてるときにどこかのガラスに映った自分の体を見て愕然としてよろっとして家に帰りたくなってしまうことしばしば。家に帰ってきては顔を見て驚く。自分で耐えられないものを人に見られたくないと思う。汚らしくなっている。それは多分随分前から継続的に為されていることのはずなのに、最近は頭をぐさりとやられることが極端に襲われるのが多くなった。長くなった。怖い。逃げる場所がない自意識という伴侶の人生からは逃げることが出来ない。生きるべきか、死ぬべきか。なんて言葉はときどき実際は、老いるべきか、死ぬべきか、ということなのだろう。生きるということは、そのまま老いることでもあるからであって、自分が論理的に死ぬことは出来ないと判っていても、老いの場合はどう

よ。老いというそのものも、死と同じく触ることは出来ないが、(それも単なる言葉だから)体験しているということの事実。ひえ。今、ということしかないのなら、この老いというものはいったいなんであるのか。自分の死はいつも彼方にしかなく、それが私を捉えることは出来ないのにもかかわらず老いは今ここにあるこの事実! ひえ。二十八歳の体は老いている。どっこい確実に老いている。めらりめらり老いている。それでどうなっていくというのだろうか。

三島由紀夫の気持ちは判らないし、何を狙っていたのかも判らないけれど、結局彼の若い頃に書いたものはどうしても小説でなく詩に読めてしまうのは、彼もまたやはり普遍などという怪物を狙って書き物始めたのではないにせよ、自分だけが経験出来る経験だけを美しく記録していくという類稀な運動神経の披露に懸命だったからに違いないと思う。すなわちこの場合、老いることも含まれる。ゆえの三島きんにくん。ああ何にせよ。体の問題は個人的な大問題だ。ついぞ人が拘わらない大問題だ。人が拘わらない所に小説は生まれようもない。告白だけで生まれゆくのはいつだって詩だ。でもま、そんな最中にも体は黙って老いていくのだから、小説でも詩でもいいのだが、出来ることなら精神も黙ってそれに付き合って欲しいとときどき願う。それもこれも、「ないものねだり」という簡単な言葉で片付けられるほど、私の行儀がいいのなら救われるのかもしれないけれど、どうやらそうもいかないみたい。ひえ。

布団から出ますのか

頭が痒い。昨日シャンプー買ってきたからあとで洗う。コンタクトの保存液も買わんとあかん。昨日夕方から降りだして今日はずっと雨。明日もきっと雨やろう、大阪も雨やから。途中で寝たけど昨日は冴えてた。疲れてるせいかも。人間は惰性がその素ではないかと思うほどに人間である私は故に何もしない。曲は柘榴の歌をどうするの。仰山、曲を作った最近。でもこれ別にお金出してもらって録音せんでいいんとちゃうのん、などという弱気に襲われる。持って行ってどうのこうの云われるのが耐えられず厭なだけだろうか。では布団から出なくて宜しい。否、ちゃうちゃう。それを云われる相手に困るのだと思う。こんなこといつからゆうてるのやろう。憂鬱鬱。この部屋で沸沸としている。いや嘘を書くな、沸沸ともしていない。誰にも会いたくない。今から多分、多分というところが侘しいが、曲のサブタイトルを何点か挙げて、なべちゃんに送る。メールって便利だねえ。猫がみいと鳴いてる。ほんまにみいと鳴いている。ハナもシャンも元気かな。

どないしょもあらへん

人前で歌をうたったり、このように文章を書いたり、なんやかんやをしてお金をもらって、それはいいのだけれども、同じくらい、や、確実にその、そのなんやかんやの半分などは、恥で出来ているなあという実感がこれ、どうしてもあるわけで、私はたまにテレビなどでクローズアップされる暴走族諸氏をぜんぜん、まったく、も、笑えないのであって、「僕はここにいるんだよ、訳もなく腹が立っているんだよ」という彼らの叫びと私の日常の動機などはつまるところほんまよう似たものであって、気持ちの上で、こう、自給自足で生きていくことっていうのは、あ、こういうことを口ハスっていうんでしょうかね、ちゃうの？　や、まったく知らんけれども、足りてこう、生きていけるっていうのは一個の理想ではありますよね。でもそんな風に生きていくにはその才能がいるのであって、なんにせよその才能のない私の成分の半分以上は確実に恥ずかしいもんであって、そうやってま、生きているわけで、そやからってゆって、どないしょうもないところがまたどないしょうもないわけで、こういうときに人は啓発セミナーの扉を叩いたり叩かなかったりするんやろうか、それも出来やん私はどうしようも、あらない。

私らは言葉かもな、おばあちゃん。

「みえちゃん、おばあちゃん、死ぬのがこわい」
大阪の八十二歳になる、母親のように私を育てた、今も俄然健康な祖母がこないだ私にそっと耳元で秘密を打ち明けた。私は笑ってそんなん云うなやあとコヅくしかなかったけれど、あとからちょっと迷いながら私の思うところを話したわけなり。「死ぬときにはな、死を確認する自分はもう死んでおらんわけやから、死ぬ自分というのはないんよ。ちょっとキモい話ではあるが、そういう筋でいくと、光子ちゃんは、私らから見たら死んだということになるが、光子側では死んだという事実は、永久にないわけやな」と私。「……ほいだらみえちゃん、おばあちゃんは死なんの？　って、そんなあほなあ！　だっておじいちゃんもみんな死んでるし、人間は死ぬやんか」と光子婆。「や、おじいちゃんが死んだと認めたんは生きてる私らであって、おじいちゃんに、誰かあんた死んだか、と聞いたか」と私。「聞いてない」と光子婆。「まあ、私も死んだことないから、ほんまのところは判れへんけれども、怖いの判るけど、死んだら何がどうなるかというのは、誰にも判らんつくりになんでかなってるねんから、なんか自分だけの、『死んだらこうなる』っていうのを今から作っときという作戦」と私。「ふうん。なんや、よう判らんけど、おばあちゃんはまたみえちゃんに会いたいわ」と光子婆。「そうそう。会えると思っといたら会えると思うから思うのは勝手やから勝手に思い込めばいいのだよ」と私。人生というのは、こういうことでもあると、思うのであった。

死ぬことを恐れているのは勘違い。これも論理でいくと、そうなるのだがしかし思わず「怖い」と云ってしまうのはなんなのか。何が、何に対し、感じることなのか。そうだ、恐怖は、感覚なのではないか。闇を恐れる、原始よりの刷り込まれた態度、そういうものなんではないのか。教育なのではないのか。一種の人類への躾なのではないのか。ならばそれを、考えることによって克服せよということなのか。しんどい時代に生きてること世。

しかし、克服するからには前もっての恐怖が必要であってやはり、もともとは、死に対して、恐怖というものが、どうしてもあるのではないかしら。ま、自分の死は私も、存在はしないと思いつつも、真っ暗闇の真夜中に起きて、独自の感覚で恐れることがありますから、それは未知への純粋な恐怖であり、未曾有のものに対して嬉々と受けるか恐怖と取るかはそれぞれの、性格なんでは、ないでしょうか。

　まあ自身の死はさておき、他者の死は充分に悲しいものであるのは想像に易いのであって。今生の別れの後、云いたかったこと、伝えたかったこと、ほんとはね、なんてこと死んでも云いたくない。相手に伝えられるうちに、私は全部をぶちまける。というわけで、憂うな、生きとしいけるものよ、つっても、憂うよね。

蟻と天道虫

近頃蟻をよく見かける。天道虫もよく入ってくる。ビデオを返しに行かねばならないけれどどうしても出て行く気になれない。明け方までかかって曲が出来た。コードを摑まえるのに苦労した。全然あそこ大丈夫かな。来週は聴き会。「私の為に〜」はきちんとリズムを入れて録りなおしておいたほうがいいのかなあ。もうすぐ録音予定表があがってくる。会議もうまいこと、現場もうまいことといけばいいけれど。制作が動き出しても宣伝のことでまた頭が憂鬱。ま、兎にも角にもまずは録音が予定通り進みますように。今回の録音は是が非でも私が演出をしたい。そしてチェロで録音したい。COTUCOTUと。プレゼンの結果が気になるなあ。

紅葉に狩られてみる

こんな風に床の上でたった今こうしているこの年代の人間はいったい何人くらいいるのだろうか。殆どがそうではないかと思えてくる。のは私の勝手な失礼で、きちんと社会性を保ち生活を営む人が確実に我々の何かをも支えているような気がして胆汁が咽頭に溜まる。

来月からプリプロが始まる。ものすごく不安。気概が爆発してわやになるのが不安なのだ。言葉は通じても話が通じないことに私は自分の色々を棚にあげて勝手に打ちのめされたりと器用なこととしてへこたれていくのである。その不安を打ち消すためにデニーズへ行って倉橋由美子を読む。ううむ。設計という言葉がよく似合う。ギリシャ神話をちゃんと知ってたらもっと面白かったやろうなと充分面白いが「紅葉狩り」。帰りにこれは不安の打消しではなくてさらなる倍増であったことを知る。

冷蔵庫を買ってもらうのだ

相変わらず机の上は散らかっているのですが、うっというっとい。いったい散らかっていない机などというものが存在するのかどうかも怪しいものであって、そんなのはなんか、なんか冷蔵庫みたいだわ、冷たい物云わぬカナリヤの冷蔵庫みたいやわ、思わん。冷蔵庫みたいに私大嫌いだ、寒々として文字もない、メロディもない、ネギとか小瓶、玉子の食物の呪いのカナキリ声の霊安室だわ。でもそれは私の家のこの、これ、この冷蔵庫に限るのであって、大きな家の大きな家族の、幾つもの胃に収まるであろう大きな様々な細々としてもよし、食物は愛に、愛のようなものの洗礼をひっそりと受けたかどうかは知らんが、まあ、ほっこりとしていて、いい。私は人の家の冷蔵庫の中を見るのがすき。安心する。色々な書類が山積し、私、何にも手をつけていないのよ。社会と契約して生きるとなればもう色々な契約があるってもんで、面倒だわ。やっと、公共料金を特定の口座から引き落とす手続きをしたのが夏のことで、それだってすごく大変だった。なんか、私は色々最近、友人にきくと、保険とかに入ってるとか積み立て預金をしていると云ってた。預金はともかくよ、保険に入って、とか、そういうのは誰から学ぶのか。

私、未だに飛行機の切符を買える自信がない。でも、友人に頑張れば私にも出来ると云われた。切符はさておき、保険とかなんか、保険、そういうことがどれ良しあれ悪し、くんくん判る、すごいことだと思う。たとえば名義。名義という言葉が私は嫌いではないが、あまりかかわりたくない匂いを放つ。理由なく少しだけぞっとする。あ、「ぞっとする」、ということを、ときどき「ぞっとしない」って書く人いるけどあれはなに、意味は同じなのかしら。結婚をして、実際なんら変わらなくともある面では妻になり、子供の母親になり、おしめを替えることは大変だ。それが毎日続くのはもっと大変だ。大変だと云っていた。でも幸せなんだとアップリケのような顔で云えるのは本当によいことだ。

まあ飽きもせず、なんで皆、私も含め、単に生きてゆくだけのこのこういうことに、こうも悩むのだろうか。それは向上心かしら。ないものねだりであろうか。石がころっとあるように、なんでか風が吹くように、もうすべて打っちゃって、努力をし、我々人類も、目をつむり耳をふさいだら、世界は思ったよりなんにもないんではないだろうか実際。変化を恐れるな、とはよくいうが、実際変化なんてものそうそうないものであって。

ちゃんと使いこなせるかどうか判らないけれど、結婚などして少しの変化の暁にはすんごい大きな冷蔵庫を買ってもらうのだ。でっかい白い冷蔵庫を買ってもらうのだ、という金銭に置き換えることも可能な、あるいは、「大きな冷蔵庫を買ってもらわないのだ」と置き換えることも可能な希望。

翻訳婚

抱擁要塞、光沢に生まれながらの、夜明け指図で行こうよね、ふわふわした理由があるのだからそれは雲の中で保存されるべき、薄暮性、歌唱性、垂直の苛立ち、荒れ狂う最大の最中に我々は出逢い、あんなに毎日愛し合ったんだからね。

外へ中への大合唱。

私は今からシャワー姫。シャワー姫ですの。お風呂に浸かるパワーがないのでシャワーを浴びるだけでよろしいのですか。よろしいのですよね。髪の毛を洗い髪の毛を洗い、体を洗い、全体に皮膚をふやかすのであります。するとどうでしょう！　別になんにも変わりません。

私は眼科に行き、処方箋をもらい、それで新たなコンタクトレンズをもらうだけのことが出来ぬ。最近、すごい毎日、人を殴り続ける夢ばっかり見てる。謝ってごめんすみません許してなどの懇願、親しい人も、土下座で謝罪してるのに、私殴りやまず階段から突き落としたりするのだ。で、殴り続けているのだ。で、恐ろしい。で、起きてもぐったり疲れてるのだ。で、しんどい。で、眠っている意味があんまりないような気がする体にとって。

お湯を出すぞ。くるっとひねって、お湯を出すのだ。そして服を脱いでとにかく湯気の中に移動する。ほんでもうずっとそこにおりたいわって無理、だって等しくお腹も減るし。

詩までもが

ビクターと契約してから長いことこっち、こんなことは歌詞にはならないと云われ続けた私の作品を思うともっとちゃんとしてやれなくてごめんなと思う。思ってきた。これからはそんなこともう思いたくない。いつまで同じことで私はやられているのか。その場その場のフォームについて考える。こと、うまく行かないのはすべて私の責任であるような気がする。私が本当にいいと思うことを本当はいいと思っていない制作現場の不思議。思ってくれない、のじゃなくて、多分どうしても思えないのだ。でも本当にいいものはきっとささやかな俎板の上くらいには載るものなのだ。ではなぜ私はビクターと契約出来たのか。みんなが私を認めているのは声だけなのだった。誰も私の言葉は面白くないのらしい。でも私は自分の書く曲や言葉がなんでか面白いのらしい。聴いてもらいたいと感じているのらしい。でも周りの人たちは共感が出来ないのらしい。のらしいって。面白さは場所を選ぶということを私はまだ認めたくない。どこであったって今はそれをやるときなのだと思いたい。そんなことは今日始まったことではないのに、一にして十の問題に打ちのめされる。そして返すホロホロの刀でこんなことも思う。みんなが期待する歌詞や曲が書けなくてごめんねとも。こっちが感じていることはそのまま向こうだって感じていることだ。でも向こうって誰。向こうって何。今はまだ小さな世界で、拘わる人が無理をせず同じ気持ちになれたらいいのにと思ってスタジオから歩いて帰ってきた。二時間もかかった。そんなこともありながら泣きながらプリプロとは関係ない詩を書いた。書いてたら涙が出てきたというのが事実だけれども、でもあとでちょっとしてから読み返して、そのまま眠ってまた朝読み返したら、なんで泣いていたのかてんで思い出せないどうにも実に遣る方ないしょうもない詩であった。それには食欲も首を振って去って行った。いかれこれ。

刺繍狂想曲あははん

針と糸をちょ。針と糸が欲しいんやわ。

めっちゃ種類の刺繍糸が欲しいんやわ。刺繍を完成させたいんやわ。

頭の中には私の存在理由が曼荼羅の形になってさ、美化でもなんでもええけど、森羅万象、宇宙のコトワリ、それに加えてこのなんか、眼？　意識？　私との織り織り、刺繍してゆくのよ曼荼羅を、もう目にみえて私の美しい曼荼羅は、おおきな口を広げて私が完成させるのを今も今も待っているのに、私には手が出ないんだからなあ。一色だけ、好きな色を手に持って、どんなけ丁寧にしたって塗るだけでは駄目なのだわ、ちゃんと、何年もいつまでもそのままあるように丈夫に、私は一刺し一刺し全部を賭けて、刺繍をしたいんだわ。色かって、構図かって、頭には奇麗に結んで刺繍は完全にされているのに、こんな私にはいつまでたってもつんでるてんで、針も糸もないのだからなあ、あははん。っつうことで、今まで意識的に避けていたのですけど、もう一回、ピアノを習うことにしました。

これ書いてる足元は熱くて眠たくなる。悲しいわ。瞼が重いわ。スーパーは苦手やわ。スーパーは不思議な気持ちになること必至で、平気なときも大変に多いけど、スーパーは総じて貴重なんやろうけど、だってあんなに食べ物や日用品が集結してみんなも毎日集まって、腹を満たすことを充足してるんだわ。

ねえ、生きてれば自然にお腹が減るっていうのは、人類にとってでっかいルールよね、あははん。

何かを作ろうと思い立った振りだとしても、私は財布を持ってスーパーに行きスーパーに入るよ自動ドア。そのとき私のアタマは家にある残り物の水菜とウインナーを気にしてるよ。偶然の導くところによって何故か同居したこの二つの食材をよ、うまく使って私は今日ご飯をつくるべきなのだよ。難しい。なんて難しいの。いちいちこうも何故。生きることってベリーハード、あの二つ、を過不足なく使い切ることが今日のテーマ。今日の私が生きる理由。

まずウインナー。じゃあポトフだわ。ポトフの材料を薄くためらいながらかごに入れる。カレーとあんまり変わらん。じゃあ水菜は。サラダにしてあれしようか。ドレッシングか。でもさ、なんかポトフとサラダなんて、なんか馬鹿げてるわ。薄いわ、熱量がなんか。らしくないわ。なんっかちゃうわ。なにがポトフじゃ。間違ってるわ。ポトフ。だいたいポトフって名前があかんわ。なんじゃそらポトフ。大体なんでポトフ。でもって材料を一個一個もとの場所に戻す。

私、ずるずる空になったかごを腕にかけて店内をぐるぐるぐるぐる歩き回る。目が回ってくるわ。ああ食べ物がいっぱいだわ。でも食べたいものがないわ。でも色々と陳列されてるわ。これらは全部誰かがここに持ってきてよ、誰かがここに並べてよ、見てごらんよあのお肉。そんな大きさになっちゃって。君たちはいったい何処から来たのか目が回る。

　ごらんよ冗談みたいなパプリカの色！　びかびかしちゃってよ。隣には取り出された臨終の肺のようなブロッコリー！　君たちはいったいなんだ。君たちはいったい何処から。きゅうりの模様を凝視《みつ》める。なんで私はきゅうりではなかったのだろうか。不思議。食べたことないきのこがある。人々は難なく食べ物を手にとってぽいぽいかごに入れてゆくのだ。恐るべし食の建築家。いちいちがクリア。すんげいなクリア。すんげい。無駄がゼロ。人々の技を見ながら驚愕、私だけがなんか能力のない感じ。疎外感。これまでの人生での頑張りがここではなんら役に立たない。間違ってる感じ。この食べ物とこの食べ物でこれこれこういうものが出来る！　という図や絵が、人々の頭に浮かんでるのだわね。その組み合わせのパターンが料理の出来不出来かそうなのだろうか果たして。

　スーパーを練り歩き頭にはこの宇宙で一番美しいと思いたい曼荼羅が嵐の空のように巨大な重低音を地鳴り響かせ、巨大な雲のように私を覆ってゆくのが見える。

　なんにも買えずになんにも判らずに、ピーマンとこでおった人に、「今晩は何を作るんですか」と聞いたら思いのほか女性はびっくりして、「は、……、考え中……？」と云われてしまったわ。驚かせてごめんね、あははん。

午前四時

昔を思ってみてください。吐き気がするほど楽しいではないか。楽ではないか。生きているではないか。昔も一応、生きてたけども。

あほらしやの鐘が鳴り、ます？

皆さんクリスマスらしいわよらしいわねらしいよね。渋谷の街はえらいことになってるんですの、錦糸町は、蒲生四丁目は、どうですの？　誰かぷちぷち踏み潰されるんじゃないかしら、犬は歩いてるんかしら、心配。黒いブーツ履いてる女子の数は。どうですのん、ジャパンのみんな、ガールズアンドボーイズ、諸人こぞってどこへ行くとゆうのだよ。何がそんなに楽しいの、正直に私に教えてちょ。クリスマス、なんか美味しいものをお食べになってカチンカチン、なんか浮かれちゃうんだわね、全然悪いことじゃないわ、浮かれて接触、なんか諸々おめでとう。

クリスマス、キリスト教、大晦日、仏教、お正月、よう判らんが、私、正直云って楽しみ方が判らんのだわ。子供の頃はやれ障子の張替えだわ買出しだわなんだわ喧嘩だわ泣くだわせつないだわ家族がなんか家族である、そういうの、放棄出来なかったが放棄出来なかったから鬱陶しいものなのであった、選択権は子供にはなかったのだわ。しかし現在のこのなんたる自由。なんて身軽。なんて感動的で溜息。なんて死ぬ直前ではないが走馬灯が。なんて今誰も何も云わない。でもこんなのはちっとも自由なんかではないのだ。自由なんていらんのじゃ。そんなもんはただの言葉じゃ。言葉なんか紙に書いて机に貼っとけ遊ばせ。や、別に貼らんでも全然いいです。んで寝てまえ。や、まだ早いよね。もう、色んなことがどよっと押し寄せて、関節が痛いのだ。風邪の予感。私はもう、白だろうが雪だろうが十二月だろうがもう、どよっとぶるんとお疲れ様でした。

真ックラ世界の幼児

めくるめく桃色の肉、どこの肉？　自転車、老婆、絶叫、いたわり、残像、放置した私が悪いが正義感を使命と勘違いしている四十男に追いかけられて、冷蔵庫前で西瓜への口出しで父親にしばかれ、悔しくて爪をはがしていました、ラーメンのひっくり返る瞬間、眠った人の怖い顔、あとなんか色々なものが悪意とノスタルジーのうねうねとなって、私は断末魔となって飛び起きたのであった、のが明け方四時半頃。もう厭ん厭ん。真夜中とっても怖い夢を見た。

ノイローゼとはいったいどんな状況かは依然として謎のままであってノイローゼは持続するのかしらん、ノイローゼは気持ちいいのかしらん、ノイローゼはある精神の、誰にも咎められない居場所なのではないだろうか、なあノイローゼ。実にいい名前である。なんだかエリーゼがノロウイルスに感染しているみたいである。しかしてこれも、実態と名前との絶望的深淵からは自由にはなれないのである。

雪がたくさん降ったので、歩いてみた。足跡のないまっさらなとこを踏んでゆくのはなぜ心躍るのだろうか不思議。雨ならばまったく思いを割かぬことも、雪ならばなんとなく。落ちてくる速度に釘付けになり、私もその速度を得たいと思い飛んで雪の顔を見ようとするが無理っぽい。髪の毛や袖につく雪のひとかけらをじっと見てみる。じわりと溶けてゆく。でもってこれを顕微鏡で覗いたりすると、この無数のどれもが、あのちゃんとした雪印のあの形になってるなんて馬鹿げてる。げらげら笑って枝毛を探す旅に出る。ああおかし。誰のデザイン。しかも繊細、かっちょええ。例外はないということの徹底したなんか。真夜中とっても白い夢を見た。そのどちらの中でも私は幼児であった。

起きてみれば私は当然もう幼児ではないのであって、幼児でないということは、幼児のような希望を持ってはいけないということでもある。幼児は好き勝手に泣き喚くことが出来る。幼児は、もし愛されているのならば何度でも無意味に抱きしめてもらうことが出来る。幼児は安堵を安堵として捉えることもなく、ただすやすやと眠ることが出来る。ふわりと目覚めることが出来る。幼児は振舞える。幼児は訊かれても答えることが出来なくてもいいのである。幼児は守られている。突如大人はこれらのことが不可能であるなら、大人はいったい何から何になったものか。真夜中の私はいったい誰よ。挨拶してくれ。

退屈凌ぎ自慢in人生

明けました、よ。何が。十二から一へ回帰したのだよ。年が明けてまた新しい一年だという話だという話。めでたいのですか。や、めでたくてよいではないか。でもまあめでたいの実感はないにせよ何回か云ってるのも確実なんであって。やあやあ皆様おめでとうございます。や、そもそもおめでとうございますってなんだ。こういうとき思う、葬式とかなんか冠婚葬祭の折によく思う、ああ何かが絶対的にマインドをコントロールされている。普段、信心なんぞこれっぽっちもないのによ、我々はなんと無意識に、ただ与えられるだけの慣習・習慣に検証・反省なく乗っておることか。仏壇しかり、墓参りしかり、なんでもしかり。よく墓前で手を合わせろとゆうが、なんで眠る前に布団の中ではあかんのか。故人に対する気持ちは場所で左右されるのか。気持ちは私にしか判るまい。その気持ちに場所は関係ないわよ。そういうのって様式美ではないのか。や、だからこそ重要なのだったりするのだ。しかしないのか。なんかはっとするような、なんか新しい習慣は。自分で作れよね。

占いの番組がようさんやってあって、二〇〇五年は東京で大災害があるとテレビでゆうてたと誰かがゆうてた。占いねえ。私、嫌いではないが、まあ宇宙には人間に知れぬコトワリの営みがあって、秘密があって、気象、寿命、始まり、終わり、なんでか知らんがまあ色んなことがめきめき作用しあってるという話はそれでいいのだが、そういう人知の及ばぬところのものをなんで人が知れる道理があるか。そういうとこで私の興味は破綻してしまうま。

つまるところ、つじつま合わせを人は楽しむという傾向が、なんでかある。なんでかな？ なんでか意味を持ちたがるこの呪い。出会いに運命を感じてしまいたいこの気持ち。モチロン私も「これも縁ですね」、と思うことしばしばあるけれども、それはそれ以上でも以下でもないという風に置いときたい。

けれども、私の理想としては、なんかこう、もっと、ガチンコ謙虚にいきたい。なんかこうもっと、奥ゆかしさとゆうか、なんかもっと謙虚によ。こう、なんてゆうの、人生を生きることはすんごい特殊なことではあるけれども、一方、実は、この人生、そんな大したことでもなんでもないのかも知れないとゆう姿勢をね、「かも知れない」、とゆうこの姿勢をね、ちゃんと持っておきたいのだなあ。

信じるんであれば、まったく違う真逆の二つの可能性を、同時に信じていたいものだ。

けれども人生に本当は意味なんてない、そう思って生きてゆくのはあまりに辛いのであります。なんでか知らんけど、きっと象の鼻が長いように、月が光って見えるように、なんでそうなって、おるんでしょう。言語を持つ我々は、意味なくして生きることは不可能なんでありましょうけれども、でもよ、その屁理屈のコネ方には世界への了解のセンスががっつり出るんであって、なので考え方の書かれたあれやこれやの本を読むことそれは楽しいことでもあるのだった。楽しいと感じることに意味はないけれども。気の利いた哲学は古今東西を問わず、おしなべてそれぞれの脳の思考の癖を大前提にした屁理屈自慢以外の何ものでもない。しかもそれは人生を賭すに値する最高級な退屈凌ぎであります。

最高の手紙

今まで書いた中で一番の出来だという手紙を私たち膝よせあって何度も何度も読んだ。

という台詞っつうか、言葉っつうかが夢の中に出てきて旋回。ううむ。私のノート見ても書いてないからきっといつかどこかで読んだ文章なんやろうな、今日は今からプリプロ。三連の曲、今日は聴かせないほうがいいような気がする、なんとなく。曲に点数をつけていかれるのを見るのはなんだか確かに心臓が痛くなる。別にいいのだけど。全部が便宜上のことなのだから。

謝ってんのに

人を殴り続ける夢を見る。殴りながらなんで殴るのが止められないんやろうと泣きながら殴ってる自分の顔が見えている。

夜と夢想の解除

脳細胞が緩んで、とか腐って、とか減ってゆく、とか、なんかゆうけど、脳細胞が本当にこの世界を作っているのかはよく判らないところですけど、脳細胞って自分のことを書いてる脳細胞のことを思うとなんか恥ずかしいなあ。こういうの曖昧ともいう。

エロメールの数が携帯に今更に物凄いのでして、これが男子だったらモテているのかと勘違いする人が果たしているのかどうかはさておき拒否するにもやり方が判らない、そしてメールアドレスを変えようとするもそれには暗証番号が大切になってくるのですが、そんなもの私は忘れた。私の携帯電話でメールアドレスを変えようと思ったら一日三回までしか暗証番号の照会にトライ出来ず、で、私は四桁の私の人生でべタな数字を入力するのですが、パターンはいつも決まってるゆえに、しかしなんでかまったく違うみたい、色々入れるが私はまったく違う数字をセットした模様で、何度となくトライしても、また二十四時間後にどうぞ、とゆうことになる。解除は面倒な手続きを経てさえすれば私は設定した、今では皆目見当のつかない暗証番号が凄く気になるので、このまま当たるまでやってみようという気にもなりつつ。しかもエロメールの摑みのタイトルにおおっと感心すること二十日に一件はあったりするのでしかし。しかもこのメールをあてずっぽうに送信を意図した誰かがいるのは事実なことだ。そしてそれを私が受信するこのこと。無記名とか、無の枠組み。無の当て方。なんだか詩のきっかけのようなつまらぬ事実だ。選択、削除、の繰り返し。解除とか、なんかを解くとかそういうのが苦手なのだ。結び専門と解き専門の結婚というのはええやん。

沈んだどっかの美しい国

浴槽に湯をはってこう、入浴剤なんかを入れると、青だか白だかピンクだかの塊が、ぼっとんと湯の底に落ちてです、非常にトロイ速度で浮かび上がってくるわけ雲のような、あれはなんというんでしょうかね、粉でもないし、煙でもないし、まあ入浴剤なんですけれども。

その水の中に、その入浴剤がもわもわと上り立ち込める速度は非常なものでして、まるで夢を見始めるときのなんだかゆっとりしたものでして、巨大な爆弾で水没した美しい国を思い浮かべてしまうのでした。水中のきのこ雲の動きを凝視。実際の爆発はスローなものなのだろうか。見たことがないよ。

久しぶりのこの部屋は寒いのでコートを着ています。袖のトコたるみがうっとい。

部屋は散らかっている。よく知らない匂いがして、真昼間明るく部屋はしんとしている。照明器具のように気分にも釦《ボタン》系統の装置を求む心。
ねえ、行ってくるわと飛んで来たカラスに飛び乗ること。夜がきちんと、やってくること。

快諾

とりあえず佐藤さん快諾、よかった。坂本さん三木さんのスケジュール返事待ち。
COTUCOTUと録音出来る。録音が出来る録音が出来る録音が出来る！　興奮の余りあるところ、多分そんなに読まないが揃いの百科事典を用意して贈りたい気持ち。

ハロー！　殺気立ってる？

最近は録音の準備、準備というのは準備であってプリプロとゆうのであって、それをやってるんである。イメージを形にしてゆくのだよという原始的なことをしているのだよ。

言葉にすると「象」もこんなに小さくなるのだね。

そんなこんなで、気が滅入ったり飛んだり走ったりで妄想は七割、私は現在どこで何をしているのかが判らん、と云いつつもちゃんと判ってるのがどうにもね、や、曜日の感覚はないが、毎日しっかりとごろっとした骨太の睡眠をとり、でもやっぱ眠くて眠くて死にそうながらも、寝ながら曲を作ったりしているのである。んで起きて忘れる。また眠る。んでまた作る。んでぱっとしっぽを摑むんだわ。狩やわ。しかし安眠は極端に少なく、なんか追われているような一月ではある。可能性に追われているのである。歴史でゆうたら「史実」ではなく認知として残らなかった「なかったこと」のほうにほうほうと追われている気持ち。

浮気相手になりたいのですが

愛している男の浮気相手になりたい願望が
足の裏から心臓で再生しますけど
なんか団子状のが鼻孔に溜まりますけど

この場合の愛するという動詞の内容はそれぞれにお任せするとして

脳の半分に城が安住しています
体の真ん中に根を張っているんです

私の愛するあなたは私が化けたとも知らず
その女に
私にとは少し違った方法で体中にしるしをつけていくわけで
低い声で女の脳を腫れ上げさせるいやらしい言葉をぶつわけで

ああしてこうして
あの指あの膨らみ
全部みたい
私以外に為されることを
私はあなたから他者に向けて発射されるものを全部受けたいので
あなたが眠っているうちに首をじゃっと切ってしまいそうですがどうですか
城がみていますけど

っ頭蓋骨！

私には叶わない欲望がある。ということはこれは軽めの絶望ということになるのかしら。これはれっきとした事実であって悲。自分の頭蓋骨をこの手にとってじっくり舐めるように観察出来ひんことです。悔しい。
嗜好とか趣味とか好みとか。その他そういうなんかこっちの意志がチョイスが一枚嚙んでるそういうぬるくさい話とはちゃうくて。もうなんでかそれが本当にわけもなくこう、自分の細胞が欲してるんじゃというようなもの、こと、もう色々、そういうもう憑依、これは感覚がなんかよう判らん具合に憑依とゆうてもいい、私は自分の頭蓋骨をこの手で触ってこの指でその表面の感じ。そういうの味わい尽くしたい。

私は頭の形がいわゆる絶壁。「みえちゃん頭の形が『う』みたいだね」とかゆわれもした。

でも好き。大好きこのいびつさ。照れることなく書けてしまう。好き。床に仰向けに寝転んで頭をごろごろしたりしたらなんかギアチェンジみたいなそんな大袈裟な音がこだまする。病み付き。私はみんなの頭蓋が結構気になる。親しい友達には頭の形を触らせてもらう。ほんで私のちょっとはちの張った部分の段落も確認してもらう。ここ、ここすっごい出てない？　とかゆってな、確認してもらうねん。これがめっさ気持ちいい。説明のつく気持ちよさなんぞ所詮説明のつく気持ちよさであって、この気持ちよさは誰かからの、私の人生への贈り物やと思っています。

それにしても皆がその髪の毛の下にそれぞれの頭蓋骨を隠し持ってるなんて。なんて心躍る共通項。なんてうっとり。私たちそれぞれがそれぞれの大小様様、唯一無二の頭蓋骨を持っているなんて。

この「多少いびつな形」に私は昔からめっさ心惹かれているのは知ってました。まっすぐの髪の毛よりも、所々で太さが違う癖毛。左右の目の大きさが違う顔。鏡の前に立ったとき少しだけ下がってる肩などなど。均整のとれたものの美しさもそらあるんやろうけれども、ある人にゆわせると左右対称を求める人間の性、そういうわゆる美人が好き、とゆうことに繋がるという説もあるんやろうけれども、私はあんま興味が持てない。

なんでか私が憑依されてるみたいに、その細部に心奪われてんのは、頭の形と髪の毛。髪の毛も、前にも書いたけど、もう目の前に一本柱みたいにそびえ立ってくれたら、私は即身フケになってもいいな。告白。

天邪鬼の呪い

我々人類は程度の差こそあれ、天邪鬼に呪われていますよね、と思ったりする。やらなあかんことがあるときに限って人は普段あんまりしないようなことをしたくなるものなんですよね。たとえば私はこの五時間後に歌詞のタイムリミット、歌詞を持ってスタジオに出掛けてゆかねばならないのだが、どうも靴の汚れなどというこの一年は思ってみたこともない発案に心は持っていかれてしまい、さっぱりわや、違う、一切がさっぱりわや、なんである、他には入浴。体内に熱がこもりやすい体質やから風呂にアナタ長時間浸かってると良くないことが起りますヨって、エドワード鍼灸院のイギリス人医師エドワードに教えてもらう。そうか、半身浴するとなんか一日だるくなるのはそういうことかと納得したこともあり、そういうわけであんまし長く湯には浸からん日常やのに、やらなあかんことがある日は三度も湯をはり浸かり出てはまたしばらくして湯をため、などという永久運動へのちゃっちい憧れが図らずも不毛極まりない運動であることを知らず、まったく恥ずかしいよう。期限という真綿が白々しい顔して襟足をノックノックする。

思い出は君を流れる

向日葵は　夏の口
薔薇は　四月の眼
お母さんは　やさしかったなあ

ほいで
君との思い出がタイヤとなって転がり落ちてくる
そのタイヤは近づけば近づくほど巨大になって
二人くらいをはねちゃった
タイヤは私にかぶさって
色んなことを色んな風に
いっぱいいっぱい喋ってきたけどそれはしかし
涙をだらりとさせられるのは
君が喋らんかったことのほう
君に喋られへんかった言葉のほう

向日葵は　夏の口
薔薇は　四月の眼

思い出は　飽きもせんと

全員の心を激しく激しく激しく
ごうごうゆうて全員の心を
それはもうめっさ長い渾身で無気力な一回で
流れていってるわ

タイヤよ動けと叩いても
今じゃ重いわ黒いわしんどそう

録音が続いてゆく

正義とは人が怒ってるときに座ってるかっこええと思ってる椅子。ちからは、こっちのもんをあっちに動かすガッツ。
◎基本ビートの厳しい選出。打ち込み　◎1Aから2サビまでの基本的なニュアンス◎ピアノの音色、トレモロをかける　◎鈴・タンバリン二十種を選ぶ　◎弦のシミュレイション入れる　◎途中で煮詰まってきたので音源持ち帰り次回までに煉ること。家に帰って聴いたら輪郭がぼやけてるので解消するべし。

私も喪服で生きていきたいけれども

高校生の頃から付き合ってた大好きな大好きな男の子が、我々が十九歳のときに、するわけないと思っていた浮気をしていたことが、書くのも阿呆のようなひょんなことから発覚して、そこから数日間の具体的な記憶がない。思い出せば打たれたこともないみぞおちが軋むわけで、一応、火の三日間。互いが疲労の限界を超えてなんとか一回快復してそれからもう一回限界を超えたある早朝ようやく電話を切って、ぼーとした私はこの世界で何もすることがないので、うろうろと外へ出て、道路沿いで車の行き来を見ていたら復讐することを思いついて、相手の女の会社へ行った。天王寺。今はもうないホテルエコーオーサカってとこで、女はそこのコーヒールームで働いていた。早朝の私のすべての照準が、なぜそのとき、その女に固定されたかというと、その前日、彼とその友人やという女のある電話のやり取りにピンときたわけで私は、すぐさま女の所へ出向いて行って正直な事実関係を確認したところだったのだ。直感的に何かありそうな電話のやりとりがあったわけだ。呼び出し、尋ねると、満面の笑みで関係否定、私たちいい友達なんです、色々教えてもらったりして、二人のことこれからも応援してます、とかきっちり云うわけであって、私は、これはこれはほんまにすみません、恥ずかしいわあ私、あきませんね、迷惑かけてほんまにほんまにごめんなさいね、つって時間を割いてもらったことと、疑ったことを丁寧にお詫びして、頭を下げて帰ったわけだ。そして彼が帰ってくる前にご飯など作り、帰ってきた彼に、勝手に女友達に会いに行ったことを告げて詫びようとしたら、彼が勘違いというか早とちりというか何なんだか一方的に観念して、数分のちに、事実が爆発したのだった。

私は会社に行って女を呼び出して、そこで私は逆上したわけで。その場には喫茶店の店員が点在していたために体を取り押さえられ考えていた復讐は阻止されたけれども、後日私は女の実家の住所、電話番号を調べあげて、週に三回は呪いの電話を本人にかけていた。本人も出やんかったらいいのに泣きながらでも律儀に出るから、毎回が取り調べのような体で、特高の形相、初めてはいつ、どこでどんなことされた、全部正直に云わんとぐちゃぐちゃにするよ、毎回射精はしていたのかどうか、どういう話をしながらどうだったのか、どうなん、どうやったの、もごもごしてちゃんと答えなければキレるし、調子に乗って答えすぎてもキレるしで、大変やったと思う。

一方、彼のほうにも同時に数え切れんくらいの責め苦というか、あれらは我々の最悪な日々だったが、十年ぐらい一緒にいたのだが、そらもう大変であった。騒動の始まりからしばらく経っても、私も被害者気分のままでずるずるおるので、いつからか私が彼を酷い目に遭わせるのが当たり前になってて、たとえばそれをやってなんの意味があるのか今では判らんねんけれど、部屋をケチャップまみれにしたりとか、簡易盗聴したりとか、帰ったと見せかけて向かいのアパートの階段から様子見てたりとか、何年も経ったあとでも、今、確かに楽しく食事していたかと思えばカチっとフラッシュが焚かれて思い出し時制が狂うのでいきなり襲い掛かるなど、あとは裏切られている、嘘をまだ吐かれているのだという証拠を探すのに必死になって、ない証拠に追われて追われてそれが見つかるまで眠れなかったり、挙句の果てには自分で証拠を捏造してそれを突きつけて本当のこと云えと包丁で脅すことや、はっとしてごめんごめんと謝るも、結局、殴ったり蹴ったりなんかがもう日常的になってて、繰り返し、私のいない「外」に出られるのが怖くてベランダに閉じ込めたりなど、もう私にも彼にも何もが止められない状態で数年が過ぎていったわけだ。でもどうしてもどうしても別れられへんし、やっぱり私たちには二人しかおらんかったし、そんなわけで愛憎まみれるとはこのようなことも指すのであって、凡そ考えうる限りの最低の日々が続いた。

そんな風にしてなんとか数年が過ぎたある夕方に、またもや何かが暴発して、私の投げたものが彼の頭とおでこの境目に刺さったことがあった。ガッと音がした。すごく痛そうだった。彼は水色のトレーナーを着ていて、何も云わず、刺さったところをしばらくその袖で押さえていたのだけど、みるみる血が出てきて、血がようさん出てんねんけど、こぼれたり垂れたりはしなくて、全部こう、水色のトレーナーの袖で血をごしごし押さえてて、袖が水色やったから血っていうのがすごく、こう、茶色に見えて、袖に茶色の血が広がっていって、私はそれをじっと見てて、こう、黙ってごしごし、彼はこう、こすってて、夕方で、すごい西日が部屋中に入ってきてて、二人とも黙ってて、そのときになんか、血が赤くなくて、それを見てなんか、目なんか最初から醒めてるけども、なんというのか、二人とも黙ってて、彼がごしごし、何も云えず、すごい静かで、二人ともがずっとそうしていたわけで、私はあの日々のことを思うといつもあの夕方の静かな部屋で、水色の上の茶色い血のことを思い出してしまう、だんだん部屋に夜がきて、それからなんとなく二人で近くのお好み焼きを食べに行ったら隣に井上陽水がおって、なんかずっとぼうっとしていて、色々がちりちりしていて、今でも西日や部屋や水色の袖の茶色の血や、ごしごしの音のことを思い出せばようわからん気持ちになって、ごしごし茶色い血を拭ってるの、今でもすごくよく思い出して、あの気持ちが何やったのかは今もって判らんけれど、薄まるということがまったくなくて、水色のうえ。

録音が続いてゆけば

ひたすらに録音。青山ブランチスタジオ。ああ、鳴りがよくてほんまによかった。ラインはやめ。そのまんま録り。録り終わったあとに聴き会。明日は録り残したものをまとめてもう一度。

録音が続いているのです

ひたむきに録音。の前に歌詞が出来ない。出来ないいったら出来ない。すでに何日も家に籠っている。なべちゃんが甲子園のときの砂をお守りに持ってきてくれる。頑張って書いてね。砂を受け取る。小林秀雄が云うに「意識というものが出てくるとそれはもう音楽の世界ではなくなる」らしいのだがそんなそれだけを切り取ったフレーズ今思い出したってええことあらへん、しかしメロディがここまで言葉を拒絶しているように感じるとき、どうしようもなく思い出して私どないしよ。大浴場の湯船でおしっこが出来てしまう倫理についてメモ書きしたい衝動を必死で押さえ込む。八時間がどう思っても一時間ぐらいにしか思えない。

私はゴッホにゆうたりたい

春が煙っておる。なんか立ち込めている。なんでもないよな一面をさあっと塗ったようなこんな空も、ゴッホには、うろこみたいに、飛び出して、それは憂う活力を持ち、美しく、強く、見えておったんやろうか。

春がこんこんと煙る中、

私は、

ゴッホにゆうたりたい。

めっちゃゆうたりたい。

今はな、あんたの絵をな、観にな、世界中から人がいっぱい集まってな、ほんですんごいでっかいとこで展覧会してな、みんながええええゆうてな、ほんでな、どっかの金持ちはな、あんたの絵が欲しいってゆうて何十億円も出して、みんなで競ってな、なんかそんなことになってんねんで、パンも食べれんかったし最後のパンも消しゴム代わりに使ってな、あのときもどのときも、あんたはいっつもおなじように、描いててな、苦しかったな、才能って言葉は使わんとくな、なんかの誰からかの命令なんかな、なんか使命なんかな、多分絶対消えへんなんか恐ろしいもの、恐ろしいくらいの、美しい、でも苦しい、そういう理みたいな、そんなもんに睨まれてあんたは、いっつも独りで絵を、絶対睨まれたものからは絶対逃げんと、や、逃げる選択もなかったんかな、それでもとにかく、絵を、絵を描いて、そら形にするねんから、誰かに認めてもらいたかったやろうな、

誰かに「この絵を見て感動しました、大好きです」ってゆわれたかったやろうな、それでもいつまでも独りぼっちでよう頑張ったな、寂しかったし悲しかったな、それ

が今ではあんたは巨匠とかゆわれてんねんで、みんながあんたをすごいってゆってほんで、全然関係ない時代の日本に生まれた私も、あんたの絵が大好きになったわ、教科書にも載ってるねんで、子供も見てるで、夜もな、空もな、ベッドの絵もな、麦畑も、月も、デッサンいっぱい練習したやつもな、馬鈴薯も、全部観たで、きれいなあ、あんな風に観てたんやなあ、みんなあんたの生きてきたことを知ってるねんで、耳をちぎったことも、きちがい扱いされたことも、悲しくて悲しくて悲しくてしょうがなかったこと、そんなあんたが描いた絵が、ほんまにほんまに美しいことも、今はみんな、あんたのことを思ってんねんで、

私の知り合いの、男の職業絵描きの人とな、随分前にあんたの話になってな、私はあんたの生き様、芸術って言葉も使わんとくわな、もう、それをするしかなかったっていうものと死ぬまで向き合ってな、そういう生き方を思うと、それ以上に、なんていうの、ほんまなもんってないやろって思うわ、私は信頼するわって話をしたん、そしたらその絵描きな、未映ちゃんがそう思うのは全然いいけど、あんな誰にも認められんで苦しくて貧しくて独りぼっちでゴッホが幸せやっと思うかってゆわれてん、俺は絶対に要らんわってゆわれてん、ほんでそっからしばらくあんたの幸せについて考えてみてん、幸せじゃなかったやろうなあ、お金なかったらお腹もすくし、惨めな気

持ちに、なるもんなあ、お腹減るのは辛いもんなあ、ずっとずっと人から誰にも相手にされんかったら、死んでしまいたくもなるやろうな、いくら絵があっても、いくらあんたが強くても、しんどいことばっかりやったろうなあ、
そやけど、多分、あんたがすっごい好きな、すっごいこれやっていう絵を描けたときは、どんな金持ちよりも、どんな愛されてる人よりも、比べるんも変な話やけど、あんたは多分世界中で、一番幸せやったんやと、私は思いたい、
今はみんながあんたの絵を好きで、世界中からあんたが生きてた家にまで行って、あんたを求めてるねんで、もうあんたはおらんけど、今頃になって、みんながあんたを、今頃になって、な、それでも、あんたの絵を、知ってんねんで。知ってるねんで、
あんたは自分の仕事をして、やりとおして、ほいで死んでいったなあ、私は誰よりも、あんたがかわいそうで、かわいそうで、それで世界中の誰も敵わんと思うわ、あんたのこと思ったらな、こんな全然関係ないこんなとこに今生きてる関係のない私の気持ちがな、揺れて揺れて涙でて、ほんでそんな人がおったこと、絵をみれたこと、私はあんたに、もうしゃあないけど、やっぱりありがとうっていいたいわ、
だからあんたの絵は、ずっと残っていくで、すごいことやな、すごいなあ、よかっ

たなあ、そやから自分は何も残せんかったとか、そんな風には、そんな風には思わんといてな、どんな気持ちで死んでいったか考えたら、私までほんまに苦しい、でも今はみんなあんたの絵をすきやよ、私はどうにかして、これを、それを、あんたにな、めっちゃ笑ってな、ゆうたりたいねん。

まだまだ録音が続いてゆく

ひたひたにミックス。朝方は原宿の町が白かった。全体としての白痴である。全体主義。少女が行き倒れていて誰かに拾われそうなのをタクシーから見る。帰ってコンタクトレンズをとったらレンズの端っこが餃子のギャザーみたいになってて乾くにも程がありますよ、仮にも生きている眼の中にあったのに死にかけではないですか。でも全体が白くなってたしな、胃やら前頭葉やら虫歯の中身もこの分やと白くなってるかも知れんなあ。

コンタクトレンズを人差し指の腹に載せ、私はこんな小さいものがなければ何も見えないということに改めて慄き、大地震なんか来た暁には錯乱入り混じる東京で、こんなこまいものを眼に装着出来るタイミングがあるわけがない、何も見えない私は脱出は出来ても行く先々で人の顔の判別も出来ず、仲間に入れてもらえないから配給も受けられず、縄張り激しい道を歩き続けることも出来ず、とにかくすぐさまお陀仏やと慄く。眼が悪いというのは大変なことである。眼鏡、やっぱ要るよね。段ボールで作れる即席眼鏡の詳細情報も頭に叩き込んでおかねばならないわね。

そのまま眠り、またなんらかの命令によって目覚め、早速ステレオの前に飛ぶ。寝起きの分をさっぴいてテンポが狂って聴こえてくるのは割愛したものの、しかしまたもやなんだか輪郭がぼやけてこんなの全然違うと思う。豆乳を飲む気も失せてヘッドフォンに変える。ぶわんぶわんとしていてムードはあるかも知れんが引っ掛かりがない。やっぱり重ねるにせよドラムの音は生で入れたほうがいいのかな。や、この曲は基本的にバンドに戻したほうがよいのか。って今頃こんなこと云ってていいのか。でもそれではリミックスしたらまた見方も変わるとゆう話であってよ、今現在がとても迷う。や、迷うな、考へたまへよ。次回はビートの音色をとにかく。しかし果たして。歌詞をやる。

馬鹿やからなん？

右脳と左脳がほんまにふたつに割れてあるのかどうかは判らんではあるが、この二つをセオリ通りに受け取ると、なんか確かに、いつもどっちかに偏ってるような気は、しますなあ。

たとえば。やっぱ音楽とか体を使うこと色々、感情の無駄遣いなどしてると、文章書くのが億劫になるわねえ。あのね論理こんにちは。この蜜月の腰をこんなになるまで折りよって。その癖に、その割りに、本読んで、うっわあうっわあと思えるような表現の一行やらに出会うと、私もうめんろめろんになって、バレエシューズへのルサンチマン。黒鍵を操れるあんたがそんなに偉いんか。筋肉も匂いも何もかも、言語と脳ミソの純然たる産物、そないな感じになっちゃって、お布団から出ませんわねえ。緑の豆腐が体のことなんか忘れてまうわねえ。何を書いているのか書いている本人にもまったく判らないのだから読む人におかれましては云わずもがななんであるが、凡そ他人の感受っつうのは往生際の悪いもんで、そのあたり悪文で。

本読みという職業があればと心底思ったりするのも事実だわねえ。いわゆる感じる専門家一方通行になれればと、本気で思ったりするもんよ、桜咲いてるけれども、なんか照れくさくてあかんわ。どいつもこいつも。気狂いめ。奇麗な感じでなあ。自衛隊中央病院という桜がいっぱいあって一応花見の名所ということになってるところを歩いてたら、なんかぞろぞろ集団が門から入って行った。賑やかに騒ぐ女子が多数。こうやってさ、自衛隊っつうぐらいのもんで、やっぱ申請ってゆうの、そんなんしなら桜も見せてくれんのかなあ、去年は立ち入り禁止って話きいたしな、や、もしかしたらなんかの説明会かなあとか思いつつぼんやり世田谷公園の入り口まで来たとき、向こうから親子らしき二人が歩いて来てて、ちょうど私とすれ違いざまに少年が、「ねえ、なんであんな並んでるの?」って母親らしき人に聞いたら、絹豆腐の滑らかさでもってすかさず、

「馬鹿だからよ」

って答えたの聞いて、私はおおっ、て云ってしまった。

桜ですが

ぽんぽんって桜はかたまりでしょう？　綿菓子みたいでしょう？　くちに全部詰め込んでさ、種みたいなんもあったら全部くちん中に入れてさ、そしたら胃の辺りを突き破って幹がにょきにょき出てきて伸びて、そしたら桜兼、私という風にもう登録して。桜をなんでか直視出来ない私もいてて。なんか恥ずかしいというか、なんというか。桜がないときはさくらさくらと思うのです。そやけど実際咲いてたら、なんでか上をみれません。桜になんでか照れるというか、なんか好きな人に一年ぶりに会うみたいな気がするんですわ。そう、なんか面映いし、照れるし、「きれいねえ」なんてとても云えない。桜がきれい、って私が口にするきれいって言葉は私の中のきれいからそのとき一番遠いところで座ってる。これは恋愛かしら。お花見しましょねえ、行きましょうねえなんて言葉も交わしたりするけれど、実はお花見なんてとても。

あたし金魚、ぼくは馬

今からシャワー浴びて仕事に出掛ける。出来上がった歌詞をあてにいく。響声破笛丸をお茶に溶かして持っていく。

病院で犀星読んでるとちょうど病気で一層面白い。犀星はドライブしているのですか。踊っているのですか。犀星の「蜜のあはれ」、あの金魚のやつ読むと小島信夫の馬が読みたくなってくる。やぶれかぶれでほんま。

一日働いて五千円

今日は結構な出費があった。激しさで胸が痛む。

お母さんは一日冷蔵庫に入っても五千円にもならんのに。

私や利明、さっちゃん、家族の中で、お母さんだけがずっとずっと長く長く、労働をしてる。はよ楽にしたりたいなあ。その気になればなんでもしてあげられるのにな、勝手な娘でほんとにごめんね。お母さんをはよイズミヤの冷蔵庫の中から出したりたいなあ。旅行なんかしたことないしさ、おばあちゃんが元気なうちに、おばあちゃんにも、お母さんにも、いい思い出をいっぱい作ってあげないと。この後悔だけはしないのだと決めたのだった。出来るだけのことをしよう。私がほんとに出来るだけのことを。

中島らも氏の奥様はきらきらとし

先日、昼間、字の練習をしてたら、はッ、として無音がすんごく尖っているのに気がついて水を飲んだ。なんか喉の壁がカスカスになった気がして。んで慌ててテレビを点けたら、松尾貴史氏がキッチュと呼ばれてらっしゃったけどあだ名でしょうか、その松尾氏の師匠が、師匠っつったら中島らもさんという話で、中島らもさんはお亡くなりになられたので、番組内はみんなそれぞれに思いを馳せつつ、中島氏の偉業、おかしな話、伝説、もろもろ、を話しつつ、ここでご登場願いましょうという段取りで、とんと背中を押されたような按配で、中島氏の奥さんが出てきはった。

私は水を飲み飲み何気に耳と目で追っていたのですが、奥さんが出ていらした途端に、平面から何かが立ち現れこちらの顔がぶわっとゆるみ、口がひらき、殆ど泣いてしまいそうになり必死になって、私は私の様々が溶けてしまわないように咄嗟に机の端っこをがっしと握った。いややな、こんな三十路前。

私は母を思い出し祖母を思い出し、搾取され続けてへとへとになってそれでも搾取されていることにも気づく術を持たぬ顔も名も知らぬどっかの農夫を思い出し、昔大阪の京橋の道路で有名やった当たり屋のぼんちゃんという、当り屋開業二十五年目にして勘が狂ったんかついうっかりほんまに死んでもうた小柄なおっさんを思い出し、砂場で自分に話しかける幼女を思い出し、近所のデブ男にいたずらをされる十三歳の少女を思い出し、それから、それから、フランスのなんか金持ちの女が食う青い果物を手に取るその皺を思い出し、ほいで、なんか巨大な仏像を思い出した。

奥さんが松尾氏に宛てて読んだ手紙が素晴らしかった。ええ手紙ィイイイ！　机にしがみつきながら私は殆ど絶叫してしまった。

その手紙というのは、松尾氏がたばこを使った手品を中島氏に見せたときのことが書かれてあって、その手品を見てるときに、中島氏の目がきらきらきらきらして、子供みたいにきらきらきらして、松尾氏もきらきらしていて、あのとき、二人ともが、とてもとてもきらきらきらきらとしていたことだけが書かれてあった。素敵な手紙やった。そのときに私にも、きらきら光に包まれてるような中島らも氏の姿が見えましたよ、きらきら輝。

N・Y・小町という漫画がありましたね

知らんところが異常に具合悪くなるので今までは結局何処にも行かなかった人生であった。

近場である箱根に旅行するにしても、前日は眠れなかったりするので自分の矮小さにも殆ど疲れた。うまく説明出来ひん、あの感じ。汗かくわ息がおかしいわ、涙でるわ、こう、自分だけこう、享楽っつうの、そういうことに関して腰が抜けているのである。楽しいことを、私はしていいんかと、なんか子供の頃から、どうしてこう楽しみ切れない、こう、罪悪感、こうなればこういう言葉でも使ってやるわよ、罪悪感、て呼ぶわ、何に対して、や、それは多分家族に対して、悪いなあ私だけ、という切なる複雑な子供心が解消されずにまだくすぶってあるこのぐすぐす。

でも私は去年、思い切ってニューヨークに行ってみたの。ベット・ミドラー聴きによ。初めての海外、初めての国際線、初めての機内食に、初めて自分が外国人になる感じ。あっという間に着いてさ、二泊四日の考えられない短さの旅。単細胞のなせる業かも知らんけど、すごい気に入ってしまったんよニューヨークが。何もなかったし、劇的なことは何もなかったんやけども。

ま、ニューヨークのことつっても、ニューヨークも概念やから、ま、そのときの自分の気持ちってことやろうけど、そういえば、あんなけの人間を収容して芸能を披露する場であるマジソンスクエアガーデンでのベット・ミドラーのコンサートには黒人が一人もいなかった。

今まで目が向かなかった地域性っていうのは単に経験がないというそんな話だったのであろう感。そういやニューヨーク小町という漫画があって、ニューヨークと日本を駆け抜ける文明開化の頃のおきゃんな男勝り、でもべっぴんな女の人の話である。国際結婚などをして、夫の手助けで自宅で子供を生んだりした。そんなわけでニューヨークといえば小町。あとニューヨークには関係ないけれども、同時期にノストラダムスの予言のために燃え尽きていた私の頭の中。クラスも。たまたま家にその本があって、この恐怖を私だけが抱いてるなんて問題ありということでノストラダムス新聞を作って配布したりした、呪いの新聞。そしたら誰かのおかんからクレームがきっちりと来て回収されたんやった、子供の誰にとっても、タイムリミット系の予言はそれなりの恐怖、いつかの夏、大阪淀川河川敷で花火見ながら友達に話したら、そんなんやったら今すぐに死ぬ！　とか云って泣きながら靴を揃えて川に入水しようとして、んな古風な。そういえばドラえもん含め、あんなあった漫画は全部、いったい何処にいったんやろうか。それと、実力とは行動力なんですか、誰か教えて。

録音が静かに収束されてゆく

一応録音が終わる、あとはミックスだのマスタリングですよ。今月に入って、一曲だけディレクターを変えて歌を録り直してみればという上層部からの提案が。初めてのディレクターと歌について、歌唱について打ち合わせる。彼は国民的アイドルらのプロデューサーでもありつつ、歌唱録音が大変に厳しいという噂は聞いていたのだけれども、「歌の録音はセックスだ」というベタなコンセプトに始まる打ち合わせはがっつり三時間。セックスの単語責め。彼の録音は粘り強く、録音当日も十時間くらいスタジオの録音ブースから出れなかった。しんど。でも彼のやろうとしていることがとてもよく理解出来るのでこれはまあ仕合せな耐久の形相である。私の歌から払拭したいところを懸命に拭ききろうとしている共同作業でもある。たのし。その他には八畳のスペースにドラムとギターとベースを入れて演奏したらどうなるかっていうのをやったら至極真っ当な様子で禁欲的。凄くこれでいい。バンド編成の曲は私も隣で歌ってすべてを一発録りにすることで合意。もうちょい。

体毛女子

眉毛が、濃い人というのは、獣としてなんか生存をこう、なんか賭した生き物として、薄い人に比べて、遥かに位が上のような気がする。気がしてるだけですやけど。体毛、この間、電車で横に座った女子がおって、その子はまだ学生でしたけど、腕が見えたのね、白い腕が。そしたらさ、毛がぶわーっとこう、毛並みが確認出来るほどに鮮やかな模様を成していてね、ウブ毛っつうの？　こう　なんつうの、見てるだけで虎の子抱いてる気持ちになります、ああ美しい、ああ美しい、と思いながら撃たれながら恍惚の何分間か。

ああ君、君よ、君は、大人になって、どんな女性になるのかまったく知らんが、君よ、どうか、この日本のなんというのですか、主流な女性の美としてある概念にどうか浸からず腐らず、毛を守って守って、一刻も早く、そんな毛を持つご自身の優位に気づいてもらいたい。そしてどうか剃ることなく、抜くことなく、一般人の真似っこ主義をせせら笑ってデベロップ、ほんとの美をなんとかデベロッパーして、独自のね、開発。もう開発していく側のそんな女性になって欲しいと切に願う次第であって。そんな風に生きていって欲しいと、彼女の人生に一切の脈絡のない私が、祈るような気持ちで隣からエールを送り続けたのであった。私は体毛が殆どなく、ま、眉毛も人から云わせるとあるほうらしいが、私の基準ではないに等しいのであって、眉毛が獣のように、そう、獣のように生えている私になりたいよ。襟足の距離が長いのでそれを眉毛に毛根ごと移植出来ないものか。や、今の美容技術で出来ないことはないだろう。毛ぐらいなんやの。指毛もないに等しい。脆弱の極みである。首の後ろから背中、私は中学のときの先輩と自転車を二人乗りしてるときに見た彼女の背中へのあのうねりと、あの毛並み！　美しい毛の宇宙地図に私はほとんどのけぞって早速家に帰って自分のを確かめたがつんつるてんで情けなし。丸腰。

思い出信者

物を大事にしてるということは本質的にいったい何を大事にしていることになるのだろうか。思い出って、それは。

宮沢賢治、まるい喪失。

なんでか「永訣の朝」の茶碗が浮かんでしまう。夕暮れはなんか青いぼんやりが、ぴりぴりと震えてて、コンビニに行ったはええが、街が震えてる。空はモネ調。印象風が男の子のランドセルに飛び乗ってきらめき。そういう電飾の震えて揺れる、空気がちりちりと青く燃えて、そういうものに永訣の朝の茶碗が浮かんでしまう。あれってとても青い茶碗、なんかしんとして。

ちょっと前に、3チャンネルで子供のすごい達者な子が、ちゃんとプロデュースされた空間で、「風の又三郎」は小錦とで、二つ目は「永訣の朝」を、朗読っつうか、芝居っつうか、雪降らしてやってたの見ました。宮沢賢治の詩には子供の声が合いすぎて、テレビの四角い枠のあっちでこの世のものとはちょっと違う発光をしていた。その夕方のその時間、こちらとあちらを繋ぐ平面は独特の光り方をして、それを見止めたときに、降って来る雪の玉と自分との境目がなくなるようなそんなまるい喪失があった。雪粒の中に入ってゆく君、私、誰と彼、口の中から結晶したまま取り出される雪の玉。子供の死と、子供の詠う詩って、なんか同じところから来て同じところに帰っていくみたいでそやけどそれはもう、絶対私らにはもう、判らん場所で、永遠に私はそれを失ったような実感がした青っぽい夕暮れ。

ああって動く心、あそこの動き

目下アルバムの制作中で睡い。今、太宰の、「晩年」の、能書きではなく解説を思い出した。もうすぐシングルが発売されます。え、話が前後するのだが、太宰がいったい何をゆってるかとゆうと、この「晩年」という短編集を書くのにやった自分の苦労を、自分で労いつつどんなけの地獄どんなけのどえらい自意識地獄をば練りに練り歩いてきたかっつうの述べつつ、ま、書いた原稿用紙は五万枚超えましたよ、でも全部破ったもんね、破りましたもんね。俺自分で。俺はそういうこと出来るし。みたいなことで。んでま、晩年、この晩年、そんな自意識の魑魅魍魎から選ばれたこの短編たちは精鋭なんだよということです。

「そうして残ったのは、辛うじて、これだけである。これだけ」

とか結構重い調子で語ってんのが目に浮かぶが実は今にも踊り出しそなほどハイなんが痛いくらいに、や、微妙に痒いくらいによく判る。判りますえ。嬉しいものです完成は。

「けれども、私は、信じて居る。この短篇集、『晩年』は、年々歳々、いよいよ色濃く、きみの眼に、きみの胸に滲透して行くにちがいないということを。私はこの本一冊を創るためにのみ生れた」もうなんかスペクタクルな神託ノリではあるがなんのために生まれてきたかっつうのを限定しちゃえるような気持ちになれるわけなんでありますです完成は。

「さもあらばあれ、『晩年』一冊、君のその両手の垢で黒く光って来るまで、繰り返し繰り返し愛読されることを思うと、ああ、私は幸福だ。」

ってまあ、最後は僕すごく幸せ、幸せですっていうことで、思わずこっちが照れますよ。物を作る人間に限らず、力を形にし切ったあと、恋愛でもなんでも、そう思える束の間の幸福、これのみを体験するために生まれたんだよ俺は私は僕は、つって叫び出したい、意味はないがもうとにかく叫び出したい境地が確かに、あるのですよね完成は。完成というのは決してこれはだらだらと続きはしませんが、そういうものが人生の点々にあるから生きてゆけるのやと思います。そんな具合に近づきたいようなそれだけではないような心持ちで録音を重ねていく初夏。

倉橋由美子、その死と永劫完成

倉橋由美子氏が亡くなったのを、私は今朝知って、なんとも云えんなんとな気持ちが。

そうか、亡くなったのか。心臓の病気で、亡くなったのか。知人から聞いて、今、調べてみたら、心臓の鼓動が聞こえる原因不明の病気だったそうな。異常のない私の心臓でも、夜中ベランダの手すりに胸をあてでもたれてたら、それだけで世界が吐き気のするほど波打ち揺れるというのに、鼓動そのものが耳に届くとは、いったいどんな世界の揺れ方をしていたんだろうかな。寂しいか。あんまし寂しくない。というか、まったくもって寂しくない。

誤解を恐れずに云うと、倉橋氏は私にとってあんまりにも肉体のない作家やった。文章には凡そ肉体のないものであってもその向こうに想像する肉体すら持たないそんな文章であった。時代を共に呼吸している実感などもなかった。パルタイは飽くまでパルタイであり、反悲劇は反悲劇のまま、何にも減らぬし何にも増えぬ、生き死にでは左右されぬ事実が背表紙から発光してるんであって。

でもただ、倉橋氏の死の印象を喩えるならば、ひとつのひっそりとした植物のある体系の消滅というか、精巧な空中庭園の崩壊とか、精緻で無意味なまでに巨大な無人宮殿の設計図の焼失、そんなような、異動。生きていようがいなくなろうが、空中庭園や設計図は完成しきっていると思い込んでいたけれど、倉橋氏の死によって、いよいよにそれらは磐石の極み、左脳に響きわたる地なりをもって地を発ち、もはやこの世のものではない存在の仕方で我々を見下ろし始めたというか。そんなとりとめない印象が午前中ずっと、頭の中をぐるぐるしてました。

瞬きに音はないんですか

都バスに乗って私は西に向かって走るわけですけど、このずっと向こうに行けば、大阪があり、またその次には別の土地があり、そこに移動してゆくには時間がかかり、人間の体は、いちいちちいさいなあ。合掌。あッ、合掌さん（本名）というおばさんが子供の頃斜め下の階に住んでいて暑くもなく寒くもない中庸の日は靴下を片方だけ穿いていました。

実は東京収録なの

ラジオ始めて、も、一年以上や、毎回楽しくて仕方ないが実はあの番組は東京で収録しているのであって、騙しているつもりは番組にかかわる人、誰にもないのだが明言を避けるようにとのこと、一週間遅れてしまうのでメールのタイミングが合わなくてひっそりどきどきしている。でもたくさん届くメールの中に放送についての質問が一個もないのが不思議、どこからとか、いつとか、そんなことは関係ないのかもしれないな、若い人も、主婦の人も、仕事中の人も色々な人が聴いてくれているのらしい。のらしい、っていうのは日本語使用として変なのだろうか、この場合、聴いてくれているらしい、でいいのだろうか、いいんだろうね、でも「聴いてくれているのだ」＋「らしい」、を率直にやりたければ、聴いてくれているのらしい、でも構わないのではないやろうかどうやろうか。新しい曲、一番に聴いてもらいたいなあ。

すごい励まし

昼間に数人の友達とばったり会って、「噛ませ犬」、「あて馬」などの語源やちゃんとした意味は何かとか話してて、んで「井の中の蛙」のことわざの話になって、驚くべきことにこの続きを誰も知らなかったので、教えてあげたら、凄く盛り上がった、みんなの気持ちが静かに盛り上がった。「なんだー、全然いいことわざなんじゃん！」つって半ば私が怒られてるかのような気圧で皆が皆知との出会い頭の衝突に感動していた。てかなんで知らんのんな。みんな、「わたし、井の中の蛙でぜんつぜん、いい!」とかゆってて興奮が甚だしかった。

その一瞬、ベタなことというと、何故か部屋の中がスロウリイになって、私は、人々の、そういう嬉しいような感嘆めいた声々が遠のき、一瞬、ほんま意味も理由もなく、ほんとに気持ちの一ミリ程度の隙間にするっと滑り込んできた、正体は判らないけれど、なんかの匂い、なんかの作用、なんか、どっかの国の目が潰れてまうほどの初めて見る太陽の強烈な光の一撃の巨大な寂しさにぼこんと襲われて、文字通りぼこんと襲われて、涙が出そうになった。

そのスロウリイの一連と、ことわざとは、まったく関係なかったと思うけれど。これはいったいなんやろか。

井の中の蛙、大海を知らず、されど。

されど?

空の青さを知る。

やねんて、すごい励まし。

でも空の青さは井の中から出ても変わらず見えるわけで。青さだけを知っていることと、大海の広さと空の青さを知ってること、どっちがいいかなんてそら場合によるよな。

絶唱体質女子で！

鳩よ、おはようカラスよ、おはよう。名前も知らんなんか茶色くてときどき見かける焼きおにぎりみたいな鳥よ、おはよう。工事現場のおっちゃんよ、おはよう。コンビニのやる気微塵も伝わらんちょっと栗毛で天パの兄ちゃんよ、おはよう。中也よ、おはよう、かの子よ、おはよう、ホッケよ、おはよう、おはよう。横光と森茉莉よ、おはよう。あなたがたは一生懸命書いた己の文章が没後このように東京の片隅の、ほんとの片隅の本棚でなんのアレもなく半永久的に隣り合わせに棲息していることを、ま、知る由もないわよ。

発売をする

「悲しみを撃つ手」が発売される。よかった。色々あったけど、COTUCOTUの音と半永久的に私の音楽が同居することが嬉しい。そして聴いてもらえることが嬉しい。よかった。カップリングは「世界なんか私とあなたでやめればいい」。やめてからもっかい作ればいいのだよ。

ピンクで小粒で危険なあの子ら

今日初めて「海ぶどう」っていう海藻の一種のようなものを食べた。お前も立派なブドウさね、と肩を叩いてやりたくなるよなブドウブドウした細かい食べ物で、嬉しくなって食べ過ぎたせいか、お腹を壊した。お腹壊すの久しぶり。お腹痛いのとか久しぶり。

昔便秘に悩む思春期のうら若きなんか十代だった頃はとにかく便秘で、や、必要以上に思い込んでた節もある、加えてお腹をすっきりさせたいがために、次第に麻痺し、最高でコーラックを七粒！　七粒よ！　この七という字がいったいどんなもんかということが諸君判りますか！　ま、そんなとんまで激しい季節もあった。今私のお腹はコーラック、あのピンクの小粒を七粒、と聞くだけで、あの、もう、私の存在自体が八十二歳のうちのおばあちゃんのふくらはぎもしくは臀部になったような、そんな老老しゅわしゅわ感で。お腹痛いのはもうどうか勘弁勘弁。

蛙のような子を

風邪は知らんまに鼻や喉から抜けており、声も出るようになっていて、今は緊急な録音があるわけでないから声は出ても出なくても喋れる程度でいいんだけどもやっぱ楽。

今日は家でゴッホを読み、一生懸命書く。んで電話で打ち合わせをし、資料作りをしてた。

コンビニでなんか晩御飯を買おうとちょっと憂鬱な気持ちで表に出たら、隣に定食屋が出来てて吸い込まれるように入ってゆく。有機野菜のお店やって。玄米やって。ようよう。盛岡冷麵とおにぎりのセットを頼む。私のほかには核家族がおった。子供は六歳くらいかな。男の子でかわいい顔をしているけれど、非常に小生意気な雰囲気もあり、常にわがままが通る感じ、しかしそれでもやっぱり子供はかわいい、行儀が悪くて黄色くうるさかったのでちらっと見たら、注目されたことに優越感をもったようで、尚も騒ぐので、私は君に興味はないですよ、とばかりに机に顔を沈めて寝たふりをして、しばらくしてからちらちら見たら子供もちらちらこっちを見ていて追いかけごっこ、視線がどこまでも切れずに、最後は二人で笑ってしまった。その子供はだいたい鹿みたいな感じやった。私は蛙みたいに少し目の離れた、ちょっと濡れたような子供をいつか生めるなら生みたいけども、うそ、判りません。

台風ですが

みんなおはよう。私今から新幹線で東京に戻る感じです。眠い。とそんなこと書けば眠さが紛れるとでも思っておるのか三十路を前にして君は。明日アルバムの撮影やとゆうのにそして海んとこでロケとゆうのにまたもや、またもや台風が来るそうだ、節目というか発起する記念日にはいつも台風にやられるのでもう慣れてきた。そんなこともうどってことないわ、特筆すべきことでもないわ、でも雨の日は傘をささなければならないのが億劫で、いっそそないな地味な抵抗など棄して濡れてしまえばよいのに濡れたくないのだからね、仕方ないね。ロケは葉山だ。葉山ってどこ、ロハスの聖地という噂。

サボコは私のかわいいコ

かわいいサボコ、尖ったサボコよ、もうすぐ五回目の夏を迎えます。サボコの上のほうがちょっとぐらついていたのでリボンでぐるっとしたった。サボテンは、がしがし太陽にぶつけてってじりじりにこう、やったれ、というお説もあるけど、サボテンの種類と状態にもよると思います。この暑さではぶつかってってもやられちまうのが必至。関西でいうところの「いかれこれ」なあの感じ。サボコの鉢に絵を描いたんはいつの頃だか。あ、なんか耳の近くで女の人がしゃべる声がする。何かと何かの音が重なり合ってそのように聴こえるのだね。おかき。おかきって関西の煎餅のことやけどおかきって。も。サボコよりおかきのほうが多分堅いよ。

曖昧さが私を渦巻かせて失速

こないだ電車に乗ってたらすんごいでっかいギンのアタッシェケース？　っていうの？　太くてなんか頑丈そうなやつ、あれを大事そうに膝の上に抱えてる、なんか若い男の人がいてさ、なんの仕事か知らんけど、携帯電話からなんか読み取って必死に紙に書き写してるわけ、その字がまたすっごい字で、判別不可能で、もしかしたらこれって暗号？　とか思う級の字形でさ、ちらちら見てたらいきなりぱちっとギンのアタッシェケースをハジキ開けてさ、心臓飛び出すくらい私びっくりしてさー、したら鞄の中には髪の毛のスプレーとビトンの財布しか入ってなくてさ、えええと思ったわけ。ガラガラなわけ。アタッシェケースが。要らんわけよ、でかい鞄は。そしたら財布からためらいがちに、五千円札を取り出して、小さく小さく畳んでケースの内ポケットに隠したりしてやっぱここあかんわ、みたいに場所を吟味してまくってさ、なんか誰かになんか、追われてる？　っていう焦燥感まで演出しててさ、こっちまでどきどきしちゃってさ、全然隠し場所が見つからんわけ！　えええええとか思ったわけ、早せえや！　見つかるやんけ！　って私までどきどきするわけ！　それから私に激しい「なんでよ!」が降ってきたわけ、だいたい君はなんで五千円なわけ! なんでスプレーしか入ってないわけ! 今から何しに何処に行くねんな! 君は君は君は君は君はいったい何をどうしにどうしたいねんなって訊きたい、私はすっごく訊きたかった、訊きたくて今思い出しても、得体の知れん、なんか気持ちが渦巻きよる。

　この話と曖昧さっていうのは多分全然違う話やねんけどどっかで繋がってる気がしないでもないのが困ったことです。

そうではないのですか

　夢の三合目で恋人に避け切れぬ発言をされる。

「本性を見せてくれといわれてもないものはいったいどうしたってでも無理でしょう、ええ、だってもともとないのだもの、ねえ、どうしてあなたは人の気持ちには必ず本性というものがあって、人は普段それを隠しながら、抑圧しながら、深層では苦しい生活をしていて、何かの拍子に、あるいは、断続する互いの努力なんかによって、その本性を見せ合うことがいわゆる愛、に関係するのだって、どうしてそう思い込んでいるの、どうしてそんな風に思い込めるんでしょうか。笑える。私にはもとから本性なんてないの、本性に限らず、ないものはないのでしょう、ないのないのないの。心を開く、腹を割る、うっかりするとみんなそういうこと、気持ちよさそうにお話しになるけれども、そもそも心ってぱかっと開いたり、腹がくらっと割れたりするもんなんですか」

母校で頭の中と世界の結婚

さて、大阪という土地、その土地が私へ与える何やかや、っていうのはやっぱ、最近になって懐かしさであるのではないかしら。と思うようになった。懐かしいという言葉の意味や用法のあれこれを吟味する間もなく、このような生活において、懐かしいね、という語がつんと口をつくのであって、そうすればもうそれは意識的に問える意味として私の中に存在しているというよりも、経験上それを直截に知っているということにしておけば躍る胸も心地よく心酔出来るのであって愉快愉快愉快。

用事があって、母校である阿倍野にある工芸高校に行ってきた。新しいアルバムをデザイン科の職員室で角先生に渡し、さっかんという先生に渡し、これを目立つところに貼るように、とサインしたポスターを渡す。「行儀の悪い自意識過過剰なパンク少年少女に引きちぎられたりせんやろな」と念を押すと「もうそういうのはあんましおらん」などと云うけれど、普通のことが高校生という若さであってもうまく出来ない人間が通うのが大阪市立工芸高校なので、ま、今も色々な人たちが自意識と好奇心をばちばちになんかしているのであろう。

あ、私の頭の中の元の種をある程度肯定したのは元祖、この学び舎であった。学校が個人に及ぼす影響なんてたかが知れてると思うし思いたいけれど、高校生である数年間の時期によろよろと感じ考え出したことがなにひとつ解決せずに未だ私の頭の中でとぐろを巻いてるからには認めざるを得ない部もあるのであって。なはんか完成したアルバムを聴きながらデッサン室とか校舎とか中庭とかボーと見てたらオセンチな気持ちがころころと散らばっているので拾おうとするも生憎今持っている鞄は他ののでいっぱいだ。制作したアルバムを聴くにつけ自分の高校生のときのことを少しだけ強烈に思いだすので今の自分が極まりが悪い。誤解を恐れず喩えると、私にとっての「言語以前」というような、そんな動物的な勘や居心地の悪さと衝動しかなかったあの時期の延長で、いつの間にか今、形となったこの表現は、四角いパッケージを持ち、丸い内容を持ち、何十分という奥行きを持つ、恥ずかしながらも一応この手の中に到達したのである。しかも移動することが出来る形態を持ち。嬉しいのだが、混沌としていたものが何かある形に収斂されていく様を実感するのは少しだけ切ない気持ちのするものだ。

がらんとした校舎はもう古いところが取り壊され継ぎあてられ塗り替えられ、結構なほどに変わっていたけど、出来上がったアルバムを聴きながらあの古い校舎をぶらぶらすれば、こういうとき、そこを歩いたりしてる「私」っていったい、誰なんやろう。

皆さん、「頭の中と世界の結婚」を、どうぞ、どうか、よろしくお願いします。あなたの何かと結ぼれますようにと願ってます、ぜひ手にとって、一言一言を、流れてゆく時間を、聴いてみてください。

結ぼれ

病院に足繁く通っていたとき

悲しくて悲しくてどうしようもなかった
時計の数字は勝手に笑うし
それぞれの数字が前の数字を追いかけあって
けども絶対に追いつかないので
それぞれが小さくおおぐるいしているのを
私がまいにち　責任をもって観察していた
人々の話し声は
まるでドラえもんの「コエカタマリン」みたいに硬くて大きくて
私めがけてどこからでも飛んできた
私はいつもよけるのに必死
地面がちりちりゆれて発光してた
壁に刺してる青い街の写真がゆれて
鏡をみたら心臓が「私もうやめる、限界」
と口の中から懇願したり
私の腕を刺した蚊がかわいそうで　その蚊の母親を捜してやりたくて
せめて蚊に

血をいっぱいあげたくて
病院の奥にいる人々は
目の周りを真っ黒にぬらして
誰もかれもが大変に苦しそう
ソファに座ってる赤いジャージに皮のジャケットの男の人は
よくみる顔
自分のちぢれた汚い髪の毛を唇に挟んで
なんかを呪ってるようでそれは悲しい悲しい目をして
とってもなんか悲しそう
だけどもおたがい喋りたくはないのですから
私たちはかまわず点々で
そんなこんなで月から金はあっという間
またまた診察の日はやってくる
お薬が切れるとあきません
病院へいってちゃんと続けることが我々にとっての大事なのです
ある日

病院へむかうある日
私はすこぶる気分がよくて
目の周りにいっぱい赤いお化粧をした
おでこのあたりも赤く塗って
鼻の際まで真っ赤に塗った
それを見た斎藤くんはぎょっとした

そう
病院へ行く日は斎藤くんが仕事を休んでいつもついてきてくれたのです
ぎょっとした斎藤くんをみて私がぎょっとした
なんでなんでなんでそんなかおでなんでそんなかおして私を私をみるんなんで
それからすごく悲しくなった
それから怒りが津波となってからだをさらってのみこんで
死んでしまいそうになった
私は気分がよくって

せっかく　おめかししようとお化粧したのに
ぎょっとした斎藤くんをぼこぼこと殴って責めると
斎藤くんは「最高にかわいい」といってくれ「だいじょうぶ」
顔のほとんどが真っ赤な私を自転車の荷台に積んで
中目黒への坂道をじゃーっと下っていった

先生は「今日はすごいね」と目を丸くしていったが
斎藤くんは「最高にかわいい」といったので
少し悲しくなりかけたが私はそれには動じなかった
診察はけっこうハードで
診察といってもべらべら　ぽつぽつ　お話しするだけ
では何がハードかというと
思い出の出方がハードであり　先生の目の動きがハードであり
先生の話の切り上げ方がハードであり
そして一番はやっぱり蘇る匂いと子供の声がハードなのだった

小さいけど大きい　何もかもが
ああ　あらゆる時制の　大ぐるい

帰り道　私はうつむいて「もういかんとく」といった
斎藤くんは「そんなんいうな、がんばろう」といった
「だってこんなん続けたってしゃあないやんか、
泣いてるだけでいつまでも弱いだけや、
先生も治らんてゆうたやんか」と叫ぶと
「あほか、よくなってる、だいじょうぶや」といった
病院に来ると帰り道　自分が本当に情けないどうしようもない
なんの処置もない人間に思えてしまうのです
よく知らない人に話を聞いてもらうことのいやらしさ
そのくせ話し出すと止められなくなる都合のよさ
狭い部屋で開放されたと勘違いする自意識の
その　お目出たさ

私は情けないのと悔しいのと
自分のことがもういやだと思う気持ちとで興奮して
人々が行き来するところで私は
自転車をほうり投げて泣き出してしまった
おうおうと泣くと斎藤くんは
「お腹が減ってるからや」といって自転車を拾った

私はパンが好きではないけど
すぐ近くにあったので「あそこにしよ」と
フレッシュネスバーガーに連れていってくれた
パンのことはよく判らんから斎藤くんが頼んで
私は来たものをどきどきしながら食べた
顔が真っ赤なので人は私の顔をちらちら見ていた
指もさされた
私は急に心細くなって　下を向いてると
斎藤くんが「これ飲み」といってなんかをくれた

「私がこんなんで恥ずかしいやろ」ときくと
「どこにいってもすぐ判るからええわ」といって笑った
パンはすっごいおいしくって
「おいしい」というと
斎藤くんはすごく嬉しそうだった
そして
「今度から病院に来たら、帰りにはいっつもここに来るって、決めようか」
ってにこにこ笑って私にいった
私はそれを聞いて聞いて
悲しいやら嬉しいやらで　涙でパンがもろもろになるまで
泣いて泣いて泣いて泣いた

みんな生きれ

やらねばならぬことが山積しているのに、なんだかぐずぐずとしていて妙。忙しいけど忙しいってのはどうなんやろうか、忙しいというたとて、忙しいっていったいなんやの。睡眠をとらなあかんから人は忙しいんやろう。ずっと昔になんや、太宰のお弟子っさんで後に太宰の墓前で自殺をした田中英光という人の作品を読めば、絶えずヒロポンヒロポンという単語があってヒロポン小説。それは赤子をあやすガラガラの音にも似ていながらもアカ活動家である作中の彼はそれを打ちまくり打ちまくってついには睡眠を一日の中から外へほかしてもうたわけで活動の中にも活動を差込み、そんな活動的な生活をしておった。理想と嫌悪で燃えまくりの打ちまくり、眠たい＝ヒロポンのシンプルな式。そんな独りバイオレンス臭漂うそんな設定であったのにもかかわらず、読後は安い風の吹く町の、錆びついた喫茶店の卓上の固まった粉クリープに出会うようなあの感じ、時代と括ってしまうには人情的にすぎる物事に翻弄され続けただけの消極的な男がたぎる喧騒の中ひとり俯いているのである。けれども人情というもの図らずとも文章の間隙からすっと立ち現れるわけで、ここに書かれてある人はなんやよう判らんにしてもきっとええ人やという印象はどこからかやってきて未だ私の中にある。知る由もないが書いた人自身がやはり実生活で人情家であったのだろう、でなければ師匠の墓石の前でわざわざ死ぬ、そんな行為がなぜ可能だろう。根拠のないこと色々を読者にうっかり思わせてしまう、そんな文章群。タイトルにほろっときた覚えもあり。たとえばN機関区、切符売場の民主制、風はいつも吹いている。

単純な気持ちで生きれ。

フィヨルドを挿入

新宿に色々なものを買いに行って、新宿はなんか人が多く、凄くもう、人が全体に四角くなってるわけ、そしてそのうちの私も一個の四角であるわけよ、みんな徹底的に四角よのう、なはんて思いながらてくてく歩いてさ、歩いてなんか買い物をしたわけ。買い物ってゆってもあれ、色気のあるものじゃなくてなんか必要なものを紙に書いてあれするああいう買い物。

新宿で買い物終り、車に乗ろうとして大きな道に出るときに、「愛のコンビニ」という看板の店を見つけ、ふらりと入る。なんのことはない、性具や性に関連する道具を販売しているいわゆる普通のアダルトショップなのであったが奇麗で品物が多く売り子さんなどがてきぱきとし、それでいてスカすことなく、大きなテレビにはアントニオ猪木の勇姿が映し出され、棚にはそれぞれのグッズの用途も判りやすーく表示されてて、へー。

色々検分してみる。色とりどりのビョーンやボーン、クルッとなって刺激します、色々なものがぞくぞくと陳列されていて、その中でも、その店が全精力かけて売り出してる売れているのであろうなんちゅうの、名前忘れた、や、男性用の、なんちゅうの、どこまでも白い陶器を思わせる器具、フィヨルド地形めいてて、激プッシュされている商品が大量に面出しである。

昨今、天井知らずな人類の性欲に突き上げられるが如く改良進化を遂げてきた性具というものは電動とその発展の歩みを共にしてきたわけだが、しかしながらこのフィヨルドはここへ来ていよいよ電動と袂を分かつ道に至り、人間の体のもつ自然の動きで以って、いうなれば体による無意識の欲求をあまねく感受し、体から導かれて快感を体に導くわけであって、こうなればここで発揮されるものはもう禅、禅なわけだ。何が禅だ。いや、判らないがこれは私が勝手に書いてるだけだけれども、どうもそうなのらしい。入れておくだけで数分後には問答が始まるらしい。でもってその禅式性具をじっと見やればけっこう芸術的な形をしているのであって、ある角度からはグエル公園の手すりみたいな。行ったことないけど。またある角度からはフンデルトヴァッサーの渦巻き設計図のような。あれがこう当たってこうなって、鶴の核分裂のような寄生獣のミギーのような。裏には、すんごく丁寧に男性ご自身でそれをソツなく使う方法が具体的に書かれてあって、私はその文章のキメ細やかさに不覚にもぐっときた。丁寧。優しさ。臨場感を演出しつつ、判り易く、この活字の前に漂っているであろう不安をなんとか排除しようというプロ根性が眩しい。

……まずはリラックスしてお好きな音楽でもおかけになって、温かい飲み物などを用意して、横になってください……

初心者を気遣う心で溢れている。会ったこともないのにこれを書いた人にもう一度会いたくなってまう。優しい。ほうほう。私が男子なら躊躇してても「や、やってみるか」って思えるような文章でありました、値段は高価一万円ぐらいやったが、この値段もなんか説得力を応援するわけで、今は体験した男子の友人からの報告待ちの状況である。

そのとき、世界におならが足された

ああ最近引越しを考えているのだが、今の気持ちでは引越しをするなどというのは、やはり現実的ではなくって、私はなんか、「移動」というのが、苦手だなあどうかなあ。

引越しなどという、契約を断ち切ったり再度締結したり、移動したり梱包したりガスを開栓させたり、そんなことが私に出来るのであろうか。そういうの、私の人生で何回くらい可能なんだろうか。こう思ってしまうのは片づけが苦手ということが激しく関係してるようなないようなって、そんなことはどうでもいいね、物が捨てられない誰かの理由、事情に、いったい誰にとってのなんの意味があろうか。引越しが苦手という話にいったい誰の何が関与しうるのであろうか。

そんなことを考え、私はゴッホの画集を持って公園までさっき歩いてきた。まだ日が落ちる前のこと、暗くなるまでベンチに座ってゴッホの全油彩画の仕事を、見ていた読んでいた。

いったい、この世界の誰かが行う仕事は、いったい誰に向かって、まず、なされるものなのであろうか。観念的な物言いでごめんね。でもいいやないか。観念以外に今日のこの夕暮れ、相手にしたくもないのだよ。観念上等、憂鬱上等、ああ、「世界」なんて言葉、伊達に使ってるわけじゃないんぜ。事象はすなわち観念と観念のデコパージュ、認識の種類は数あれど、何故に皆さんそんな観念を嫌いますかね、想像の最良の存在理由は観念ではないのですか。そうでもないか。

はーと思いつつ、気がつくと両隣のベンチには男性の二人組が座っていて、なんか悩み多き青年なかんじ。でも古い目の不良少年の感じでもある。判断中止。これもひとつのハイブリッド。んで私も暗い気持ちでゴッホの憂鬱について語った手紙の箇所を読んでたら、隣の男性カップルの片方が突然、そらもう景気のいいおならをして、公園中の人が動きを止めるくらいの景気の良さで、オモロいし、私はすぐ隣に座ってるもんで、思わず見るやん、見るしかないやん、ほんならもちろん目があって、おならしといて笑いもせんと、逸らしもせんと、見つめてやんと何か云えよ、いったい私にどうせえちゅうの。幾ら私が大阪出身やからってそんな球は拾われへんて。

気がついたら真っ暗になってて、もう帰ろうと思って歩いたら、でっかい犬がコンビニの前につながれておって、くんくんいうので頭なでたらおならをした。そんなことってあるのかよ。

日常は点々と晴れ、憂鬱をぐさりと刺す

まつげというのはすごい。最近はオレンジのモヘヤのショートコートを着てるのですけど、いや、それしか着てないのですけど家に着いたらまつげにモヘヤがぐるぐると巻きついている。すごいな。まつげがなかったらこれ全部目にいくんか。まつげ。女子ならときどき経験済みのことであると思われるが、マスカラのしぶとい繊維が口から出てきたりするわけで。どこもかしこも繋がっているのね。今、人間にあるもので必要の無いもんなどないのだね。盲腸も必要だとかいうしね。でも男子の乳首はどう考えてもどの角度からも、要らんというのは聞いたことがあるぞ。恥の部分としての役割も終了しはったらしいです。

眠りが完全に足りることがないのは私だけではないでしょうけどどこまででも眠れそうなこの錯誤、少々、うっとりしてまたうっとりしてまたうっとり。眠って脳がゆっくり解けてゆく思いをこの脳が追いかける奇妙な午睡。

人は多分、とても感動するものだ

晴れましたが今日は「人は多分、とても感動するものだ」という言葉を三回くらいつぶやきながら世の中ではなんでか感動するということが非常に素晴らしいこととされているし私も素晴らしいことやと知ってはいるが、何ゆえそれはどうして素晴らしいこととして世界で動き回っているのだろうか。感動。感動とは何か。感動とは感動という言葉以外の何かでしょうか、感動するのが素晴らしいと感じるのはどうしてか。とかいいつつ、それは「素晴らしい」というのは苦し紛れの感想であって、感動自体は素晴らしくもなんとも実はどうでもなくただそこにぽくっと生まれてじんときて、そう、なんだかじんとくるというただそれだけのことで素晴らしくもなんともない感動というのも多分存在はするのだろうと思う、と思うと世界はなんと、そういえば世界はなんと、素晴らしくもなんともない感動で満ち満ちているのだろうか、という気持ちで動けなくなり呼吸を整える。あれもそうこれもそうさっきもそう、たった今さっきもそう、経験を語るのは難しい。

そして歩いたのですがそのまま小さな本屋に入ると目当ての本はまったくといって

いいほどなし、ほしたらやっと気分が沈み、や、なんでこのように気分が沈むのだろうか、なんでか今日はそんな感じで一日が始まっていったのでした。

引き続きライブのことを考えつつ、坂本さんが出演するイベントを観るため渋谷のクラシックスへ行く、それぞれが二十分の猶予で表現を持ち寄る即興の演者たちのイベントであった、さがゆきさん、原マスミさん鮎生さんなどなど。坂本さんの演奏を聴きながら私は、坂本弘道よ、と私は何度も呼びかけた。

めっさ、なんか、あれ

こないだ姉と話していて思い出した、姉は生まれてこれほんまの話、一冊の本も読破したことがない、いわゆる本のない世界の住人であって、同じく本のない世界といっても西瓜糖の日々みたいな名もなき物哀しさが漂っているわけでも何らなく、十代の半ばまで太陽と月は同じもので出来ていてぐるぐる代わりばんこで出てくるのだと思ってたし、風は地球が回っているから吹くものやと思っていたし、寝てるあいだは心臓が止まってると思ってたし、そんな姉も実は一冊だけトライして挫折した本があるんやけど、それは梅宮アンナの「『みにくいあひるの子』だった私」やったわけやし、私はなんでかこないだ整理してるときに東京の自分の本棚にそれを見つけて、なんつうの、めっさ、なんか、あれやわ。

早川義夫は犬だった

早川義夫さんのライブへ行った。場所は初めてのとこで私は猫パニックになりながら倒れこむように辿り着き、ビールを注文。気がつくとすっかり空になっていたので底が抜けてたかこぼれたのかと思って、がさがさとして、そのがさがさという動作と音に動悸が走りだし焦った。落ち着いて落ち着いて、早川さんはそう歌ってるように聞こえて深呼吸、私はどしどしと落ち着きに戻っていった。

早川さんは足をばたばたとさせお尻を浮かせ浮かせて歌っていたけれど、その歌い方の情熱のほんとうのところは、今さっき私が書いた「足をばたばたとさせお尻を浮かせ浮かせて」という表現から一番とおいところにある。うまく書けないけれどそういうことです。

なんでそういうことでしか云えないのかってことをライブの日から考えた。

早川さんは犬であった。犬の考えてることは我々の想像以上ではなくって、本当のところは判らない。でもなんだか判る。何かが伝わる。それは見つめ合うということから生まれる了解とすごく似ている。云えることと云えないこと、云いたいことと云いたくないこと、残したいものと残せないもの、それらが交わしてきた無限の会話に、犬の早川さんはこれまで気が遠くなるほどの時間、傍らでじっと耳を傾け続けてきたにちがいない。

だから早川さんの歌の聞こえてくるところは、耳をすませば真ん中である。色んな感情の真ん中から聞こえてくる。早川さんは犬がとても好きで、ユニットにも「この犬たち」というフランス語をつけていることを思い出して、あッと思った。

目の前で歌う早川さんは舞台の上で目が見えないように見えた。口がきけないように見えた。足りないのではなく多すぎるのだと頭の中で声がした。美しければ黙ればいいと音がした。早川さんは死なないような気がした。言葉が死なないように早川さんも死なないような気がした。早川さんは歌いながら黙っていたし、動きながら静止していて、お客さんは目を瞑っていた。それを見て私は目と胸がとても熱くなって涙が滲んで鼻からも熱い息が出た。みんな生きてるんやと思った。

犬猫屏風と結婚式

洗濯物を早く乾かしたくてコインランドリーに行く。コインランドリーはよそよそしい、ふだん音沙汰ないからや、狭くて音がどらんどらんとリズミカル、棚に詰め込まれた雑誌の一頁までもが完全に湿ってて蛍光灯がちりちりと震え、なんだか恐ろしい気持ちになる。あ、恐ろしい、と声にしてみるとあんがい間の抜けた形容詞でもって、一気にどっ白けて恐ろしくもなんともなくなった。

乾燥機はあと六分なんで待つ。しんとしてる音とどらんどらんを全背中で受けて黙って座ってる。動いてるのは私の洗濯物入れた乾燥機と誰かのを洗ってる洗い機がひとつ。

その洗い機にはまるで漬け物石みたく蓋のところになんか荷物が置いてあって息苦しく見てるだけでなんだか私の肺の上に鉄板を置かれてるようなよう。盗まれるの防止であろうなと、乾け乾けと思ってたらその洗い機が突如ものすごい勢いでごんごんと暴れ出した。

洗い機の中、左右にごっらんごっらんと体をぶつけて中でもがいておるような暴れが洗い機の中で、それが脈絡なく繰り出されて私は唾を飲みじっと見ていた。洗い機は動物が風呂上がりのようにぶるっとし暴れて蓋の上の荷物が落ちそうになっていた。

私は猫か犬やと思った。猫か犬が洗い機に落とされて回されているのやと思った。猫と犬が回されてるところを考えてみた。犬猫、つながる犬と猫の顔、四つの目と無限の毛、八つの足とちいさいギザギザの歯、飛び散る茶色や白や黒、小さい脳の匂いや思い出が黄金色にたなびいて、台風一過の夕焼けみたくなんだか分厚い屏風になって。

洗い機の主を待って中をちらっと確かめようと私の乾燥機が止まってだんだん冷えてきてそれでも主は帰ってこないで私は帰ってこない主を待ったが犬猫はずっとどらんどらん、凸凹のどらんどらんを聴いてるうちに、犬猫の鮮やかな屏風の前で結婚式をあげるおばあちゃんとおじいちゃんの夢をみた、おばあちゃんは今のおばあちゃんで奇麗なお化粧で角隠しで笑ってた、おじいちゃんは上は軍服、すこぶる若く、下はフンドシ一丁で辛そうな姿勢でしゃがんでた。

すべてが過ぎ去る

　なんだか今日はかなりの質量のある風邪が背中にべっとりとくっついたまま、家で本を読んでたのやが質量はでかく、全然頭に入ってこんかった。こないだ実家に帰って色々考えなならんことが色々と浮かんでは流れてまた戻ってきたり、反応として涙が出てくるのであった。私は何をしているのだろうか。私だけ好きなことをして生きてよいのだろうか。

　お母さんは二十歳で姉を生んでそこから私と弟を年子で生んで、そこから今まで働きづめです。私は自分でいうのもあれやけど、東京に出てくる前には今では考えられへんくらい働いて、援助をして家計を補助して生活していた。中学生の頃から年齢を誤魔化して工場でアルバイトをして、その給料を貯金して初めて家に電話をつけた。家にお金がなかったので私たち子供は借金で大きくなったようなものやった。十八歳になればそういう事情もおのずと見えてくるし、昼間は書店で働いて夜は北新地で働いて、家にあった多額の借金を返して弟を大学に入れて卒業させたけど、あんな日々のことを思うと自分はとてもよくやった、うまくやった、と思うけれど、だからって今のこの生活が当然のことのように思えないときがある。私の今している生活のすべてが間違っているように思えるときがある。

生活なんかは程度の差こそあれ、苦労するのはどの人生も当たり前で、生活に正しいも間違いもないことは判っているけれど、なんだか今現在、実際に大人になった自分のことだけを考えて生活するということがすごく恐ろしいことのように思える。もちろん東京にいたってお母さんのことは毎日考えるけれど、何かが恐ろしく思えてしまう。

最近更年期障害でおかんはがりがりに痩せてしまっていて、それを見ると胸が潰れそうになる。私は何をやってるんやろう。私が朝から昼までこうやって本を読んだり歌をつくったりキーをかちゃかちゃしてる間も、お母さんはイズミヤの冷蔵庫で働いてるのに。

今日は一日ちゃんと寝て風邪を治そうって思ってたけど、どうしても多和田葉子氏の「聖女伝説」のあの目からパン粉が落ちてくる、あの便器のところが読みたくて読みたくて、図書館へ行って来た。

そこに書かれてる掃除婦のことが、私は自分のお母さんのことに思えて仕方なくて、初めてその一行を見つけたときになんとも堪らん気持ちになった。もし私に、自分の母親のことを、もしもこんな一行で書けたら、きっと何もかもが、きっと素晴らしいんやろうに。気管が何箇所も細かく細かく折れる気持ちになった。もしも私にあんな一行が書けたなら、お母さんが生きてきた人生のすべてがきっと今、報われるんやのに。私は印刷された文字ごと目に写すように、何度何度もその箇所を読んだ。

そしてすぐそのあと、なんでこの一行が私に書けたとして、それでお母さんが報われるなんてことがあるのやろうと思った。阿呆とちゃうか。なんちゅう趣味の悪い発想やろうと厭になった。この一行を書けたら、なんていうのは私の満足の問題でお母さんは全然関係あらへんやないか。人の人生が一行でどないかなると思ってるのはなんやの。何を思い上がってんの。私はお母さんに同情してるんのでもなんでもない、こんな一行を書くことも到底出来ひん、かといって昔のように働いて充分な送金もしてやられへん自分に同情してるだけやった。でも判らん。お母さんが救われるってなんやろう。報われるってなんやろう。お母さんのための一行ってなんやねやろう。じっと動けないでいると閉館の音楽が始まった。

それでも、私はその箇所をコピーして、四つに折って財布に入れた。奥のほうに入れた。パン粉、便器の中の空、黙っている掃除婦の瞳だけ。自転車の前の籠に財布をおいて、今後ろからやって来る誰かが財布をさっと盗んで走り去るところを想像してみる。一行を盗んで行く姿を想像してみる。そうすれば、便器を、雲の断片を、掃除婦の瞳に隠された美しい空を、私は追いかけるやろうか。財布を取り返したとしても、そこに書かれてあることはちゃんと戻ってくるのやろうか。けれども私の財布を盗んで走り去る人なんておらんかった。ほっとする気持ちと際限なく地面に沈んでいく気持ち。すぐ近くでカラスが鋭く鳴いて、自転車の鍵を鍵穴にさす。私は何をやってるんやろうか。

外はもう真っ暗やった。

激しかった

普通にご飯を食べてたら左の下のどれかの歯が猛烈に激しく痛みだしてびっくり。虫歯でもないのにがんがんに冗談みたいな激痛が。しかもほんとに突然。も、その痛みのすごさ、それは痛すぎて客観感出来るくらいの痛みで、あまりの痛みにその痛みは私の体から飛びだした。気色悪。で、それも変な感じであるので痛みの首をきゅっと摑んで口の中に再度放り込む。よしよし、めっさ痛いけど気色悪くはない感じ。でもってウェイトレスさんにへらへら笑いながら「えへへ今私の口ん中えらいことになってんですよえ？　見えない？　そっか見えないか、や、物事っつうのはどこでびしっと判断つけるのが正しいんでしょうかねやんなっちゃうよね口の中には猛然たる痛みが弾かれまくって私どないしょうもないのにあなたから見ればまるで夕凪にたたずむ子馬のごときの平穏っつうのはなんかこれ人間関係の縮図みたいで、そしたらこの場合、世界にとっての真実はどこに拠ればいいんですかってこういう質問いい加減やめますね」ってへらへらしそうなくらいのそういう激痛。で店出たら途端に消え失せ、何も思い出せない、なんだろうか、私の激しいあれって、なんだったの。

お前に敬意を表したものの

最近食欲がない。ちょっと前なんてスパゲッティーにご飯とか食べてたのに。でも昨日お昼に牡蠣フライ、んで夜はふぐを食べたけど、量がちゃう。なんかが変わってきています。食に対する生まれ持っての粗野な欲が薄れてきています。体重なんて三キロ減った。お腹がすっきりしてきた。うーむ。軽やか。今私の目の前に「サラダ巻」が何気にあるが、考えられないこの余裕。「お前なんて、今すぐに食べなくってもよいんだからね」っつう余裕。いいね。

昨日はヘアメイキャッパーで友人のミガン家に泊まった。一緒に入浴中にセックス談義に花が咲き、って花が咲くだ？　そんな可憐さでは到底語られるわけがない、つうかなんつうか、「今までセックスがらみで男子に云われた最低なこと」で盛り上がって、私が実はこれこれこうで、私は絶っ対ばれてないって信じて私は思ってていちいち確認してたのにそしたら実は全っ然ばれててっつう女子にあるまじき悲惨な話をしたらもう、唖然として、

「それは……凄すぎる。……いくら友達でもそれを私にゆってくれたお前のそれに敬意を表して、ならば私はこれを云う」っつって話した話がもうマジで私のなんか吹き飛ぶくらいに最っ悪で、私もその凄さ恐ろしさに震えながら「いや、私も、いくら私が最初に告白したからってそんな話を聞かされたら黙ってはおられん、もっと敬意を表して、私のもういっこ云う」っつって話したら、ミガンはひきすぎて引きつって笑いに転じて髪の毛洗いながら椅子からすべって「お前やっぱりそれは凄すぎる、けど実は私のほうがもっと凄いからきけ！」みたいになって敬意を表したつもりが三十路目前

の女二人の性的思い出の悲惨度を競い合う救いのないコーナーになってしまった風呂の中で。

堂々とすればいいと思う

食べ物屋で何かを食べるのは当然だとしても何かを読みながら食べる人がたくさんいるのはなんでだろうかと思うと、私は短絡的な人間性なのでひとつのことで頭がいっぱいであるので何かしながらというものがなかなか得意ではないが、そんな私でもときどき食べながら本を読むことがある。

それはとびきり楽しみにしている本を持っているときなどがそうで、も、この本のページに、そこに書かれているであろう物語に、こう、情けなくもいかつい形をしている頭の形ではあるが、こう、ぶつかって飛び込んで行きたい気持ちに、おかしなくらい心焦らされるのです。

たとえば最近なんか食べながら読んだのは講談社文芸文庫の戦後短篇小説再発見の、表現の冒険編、小島信夫の「馬」のことを思うと私は何をしていてもそもぞ落ち着かず、何回読んでも面白いなあ、なんという、ひ、人ごみを歩いていても、君を早く読みたくて仕方がないっていうのをこの短編自身に知られているようで、なんか焦る。なんか照れくさくて主導権がその短編にあるというのを短編に知られているようで、素直になれない。

なので、そんな場合私にとって何か食べようというのはいわゆるポーズであって、椅子に座って注文をして、食べ物が来る間に何気に本を手にしてみても、「ま、食べ物来る間にちょろっと読むぐらいのものよ君は、あ、でも君なんかは食べ物を食べながら読むくらいで丁度よろしい、そ、ほんとのところは君なんていうのは私にとっては実際」って感じで実は夢中になってるのを、認めたくないのです。知られたくないのです。その短編などに。

で、食事が来て、「ま、食事のついでに読んでやっても良いですよ」って言い訳しながら読むのです。なんて不自由な私と素晴らしい物語とのこの関係。完全に物語の、表現の、奴隷である。んで結局ずるずるにされるわけですよ。まるで「馬」の亭主のよう。

でも何かで読んだけど、松尾スズキ氏なんかは、食事のときも待ってるとき本を読むらしいのですけど、それっていうのは食べ物をこう、ただひたすらに待ってるっていうのが見え方としてこう、何だかさもしくってっていうか、そんな感じでいやなんだって。お腹減ってるんだけども、食欲への隷属度を下げたいという一心であるのらしい。「食事をしながら本を読んでる」という傍から見れば同じに見える行為であっても、理由がまったく違うなんてま、気にしているものがまったく違うっていうのがま、なんかここにも認識の因果の片鱗というよりも真相をみたようなみてないような、そんな気がしたりして。人の目を気にしないようにはなれると思うけれど、このようないわゆる自意識の目を意識しないですむにはどうすればいいの。私よ、本は大好きでいいけど、もっと堂々と生きれないものか。

ヒって。

近所の三軒茶屋にひっそりとある韓国料理屋、兼、焼肉屋へ肉を食べに行ったら、店内はがらんどうにもかかわらず無愛想極まりない女の店員がいて彼女はどうも日本語が話せないらしいのだが、無愛想にもほどがあるという接客はこれもう接客という職種、ひいてはそれに携わる人々への軽めの冒瀆に値するほどの無愛想、でもま、肉には関係ないかんね！　つってパクパクと食べていたのだが、その店員がスープかなんかを持ってきた際に、盆の上ではすでに水分が零れていたかなんかしてスープの器がつると横滑りした拍子にあつあつのスープの一部が私の腕に飛んできたわけで、すかさずアツ！　と反射しながらも、うしし、これで何かサービスがつくか、ヘタすれば何品か無料になるやもしれん、などとポップな企みを忍ばせつつ店員の顔を臨場感溢れる顔で見上げたのだが、その店員はどんな種類の済まなさを醸す様子の寸毫もなく、目を逸らすでもなく「ヒ！」と嬉しそうに笑ってレジのほうへ行き、何事もなかったかの如く爪などをいじり出したるわけで、私は戦わずして、なんつうの、なんかよう判らぬが、熱い損はいいんやけどもなんか人間の大事な所で戦わずして完敗したような風味。

動きと動きの隙間

暖房が目に、強烈に乾いてしまう。

ああ。十二月。電化製品を見に行ったわ。いわゆる家電。私はもう初めて家電というものにコミット、コミットしてしまい様々な洗濯機を見た。様々をガンガンに見た。「わたし流」というボタンの意味を知った。それらの導きによって私の欲しいのは二十五万円もするという結論。それが二十一万円になるというのだが、安くなっているという意味は判るけれど、結局なんといってよいのか判らない。その店ではポイントがつかない代わりにチョクで値引きしてるらしい。ポイントか。うふん。じゃなくて、ふうん。次に冷蔵庫を見た。くまなく見たらば私の欲しいのは二十二万円。冷蔵庫のいちいちを教えてもらう、ここがすごいんですの、あそこがどうですの、プラスチックよりガラスの優位。本当にもう、彼らにまつわるいちいちを丁寧に。「電化製品」と「買い物」と「消費者」が結ぼれるところに私はナンシー関氏の「閉店後の反省会で〝今日は手ごわいお客がいた〟と言われるような買い物をしよう」というフレーズをどうしても思い出すのだったが、ナンシー関氏の思う「手ごわい客」っていうのは、「足元を見られない客」、「決してカモ扱いされない客」のことであって、そうなるためには家電に対する入念な下調べおよび「知識」で対抗するのと、もうひとつ、「……〝ごめんくださいっ〟ったら〝え、どんなコンポでしょ〟って言われて〝黒いヤツ〟って答えた」とあるような「豪快」さの二つがあるとのこと。ふむふむ。

家電屋でカモにされるかも、という懸念を抱いたことはないけれど、店員のいわれるままに高額電化製品の流行陳列に案内される私はどっからどうみても典型的なカモなのであろうな。羞恥だなあこら。こんな私もカモ払拭のために消費者としての「手ごわさ」を演出するとしたら、そのどっちかといったら私には勿論その「豪快さ」しかないわけで、結局私の場合の「豪快」はお金を使うという身の程知らずのインパクトだけで、資財もないのにそんなインパクトが撃てるわけもなく、そもそもそんなインパクトを結局誰のために爆発させる必要がそもそもあるのだったろうか。具の少ない頭がそれなりに混乱してしまう。私はここに何を試しに来たんだったろうか大量販店。

空き部屋へどうぞどうぞ

誰も住んでいない部屋を見るのが好きで、子供の頃は部屋が狭かったので、マンションの広告の間取りに、お姉ちゃんとお母さんと家具を描き込んで、ここが私の部屋、そっちがなになにとか、そういうことをやっていた。今は一人暮らしなのに当時からは考えられん広さの部屋に住んでるけれど、思えば居る場所はすごく一箇所でそれ以上がいらんなやっぱ、部屋なんて私が住んでるというより荷物のための。引越しのためにたくさんの部屋を見てたら、当然、家具もなんもないがらんとした部屋を見るのだけど、何もなくて、人が住んでなくて、ただがらんとした部屋を見るとなんか涙が出たりする、こういう気持ちは、なんといってよいのか判らない。ということはそれは、別になんともいわんでいい気持ちということになるのだろうけれども。

母親と子供とスプートニクの犬

あー昨夜はなんかおどろしくも切ない夢を見て、寝起きはなんか下がっていました。

しかしてそれら一切の映像のタッチというのがかなりの劇画でドラマチックであり、夢から現に来る途中、思わず「私が棋図かずおやったらば、これでなんか、掌編を描くのに、あのみんなが等しくかわいそうなこの感じ、犬も描いて、伝えられるはず……とむにゃむにゃと呟いたのを覚えている、でももちろん棋図かずおじゃないから描けないよ」

家事、なんて難しいの

目玉焼きなどを、いつなんどきでもうまく、焦がさずに、美しく己が頭で想像しているように焼ける人っておるんやろうけど、それは能力だと思う。私だって頭の中では玉子焼きが得意のはずやったけど、玉子焼きを得意なはずが、こないだ作ってみたとき、いくらやっても作れなくなってしまった。

COTUCOTUの坂本さんに料理が出来ひんことをリハーサルのときそれとなくギャグを交えつつ話してみたら、「へーそうなんだ、僕はね、もう長いこと『靴紐』、っていうか、『紐』が結べなかったんだよね、あれ辛かったね、あはは」って笑ってた。紐は結ぼうよ。

ラジオ最終回、みんなありがとう

エフエム京都の「マジカルストリーム～未映子のアンビバレンス・マシーン」がいよいよ最終回を終えて皆さん本当にありがとうございました、たくさんメールくれはった皆さま、どうもありがとうございました。私は嬉しかったです。

約二年間の連続は、初めどうなることやらという感じでしたが、だって京都は大阪と近いけどなんかそう、日本の中のフランスのようであり、や、フランスにも行ったことないけれども、なんかそういう飽くまでなんかそういう感じがしたもんよ。んで最初の放送で、私は「金閣寺はあれでいいのか」みたいな話をしたのだった、だって実際見たらば、期待していたのに特に美しくなかったもんで、その日が曇りっていうのもあったと思うけれど、やっぱ別に特に美しくはなかった。平たかった。んでそれをそのまま云うと抗議のメールがたくさん来たのだった、この常識知らずの帰国子女めが！っていうのもあったりして、それはきっと日本語が満足に話せないと見做しての揶揄だったのでありましょう。んでそのときの放送で、「もう一回。金閣寺は、別に、特に美しくもない」と再度云ったのですが、そしたら次の週はなんの抗議もなかったんでした。ヨイトマケの唄はかけることが叶わず、テレビとラジオ、雑誌などの規制っていうのはそれぞれなんやなあ。美輪明宏氏の髪がゴールドでなくってなんであからさまな黄色にしてあるのかっていうと、あれって金運を上げることだけの、そう、風水的なアプローチであって、そう、金運を上げるおまじないだそうです。黄色と金色って金色のほうがご利益ありそうなものやけども、なんせ風水。黄色が強いのだそうだ。がっかりやよね。

番組には本当にたくさんの人がお便りをくれた。モラトリアムから恋愛から土壇場から現場から、実にさまざまなところから届けられる真剣なメールはこの二年間の私の楽しみだったし、うまく云えないんだけれども今うまく云えないところは二年間ラジオを介して繋がっていた皆さんには伝わってると希望的に感じています。関係者各位、私の全全部で感謝。

頑張れ、いつか死ぬ

こないだミガンの家で数人で鍋など食していたときのこと。完璧な夜であってお腹も減っていて、たくさんの野菜、山盛りのネギの丼がどんと置かれ、嬉しいな、薬味が際限なくあるように思えるくらい充実してるのは、嬉しいな、マロニーもあるな、嬉しいな、ポン酢もあって、たらもあって、牡蠣がある。ビールもあって、これはいったい、なんだろう。ふわふわと浮かんでは我々の食欲と時間をくるんでゆくまあるい善意しかないような湯気、実のある笑い声、いい程度のテレビの音、「穏やか」が充満していたそのせつな、私はふっとあからさまに無記名の不気味な不安と目が合った。

笑いも睨みもせず、そいつは会ったことのない不安だった。不安はいつだって少々かわいげのあるものであるのにそいつの退屈な無表情さったら。ただそこに、ぼーとおるだけであった。そして私は箸を持って茫然とすること少し、これからも人生が続いてゆくということに、心底ぞっとしたのだった。死ぬまでは人生が続くということが私を強烈に、ごん、とノックし、心底脱力したのだった。

そんなことは幾らなんでも知ってるけれど、それとおなじくらい知り得ないことであるのもまた真なり。私は私にとって本当に切実なもののことは、防衛本能からかその事柄の性質なのか長い時間そのことを思い続けることが出来ない。自分が捕らえた、あるいは捕らえられた謎から出来るだけ離れずに向かい合う人間が哲学者なのでしょうが、いや、何ごとも一色であることはありえない。シッダールタの頭の中はどうだったのか。彼は何も書いてないから物理的な境目が見えにくい。私にはシッダールタは座っているように見える。

言葉を使ってるのに、色んなところに感覚が顔を出す。論理と実存が混在してる。それぞれの配色で生きている。一色で在るなんてありえない。でもってそのせつな、降参、に近いような、諦めのような、どっちかっつうと嬉しくは決してない気持ちが体の内側にひたひたとみなぎり、涙さえにじんだ。箸を持った手がじっとしていた。あ、じっとしてる、と思った。

そして「今、これからも人生が続いてくんやと思ったらぞっとしたー、あはは」っつってみたらみんなも、あははーなんて云って笑って、それからまたお鍋を食べた。

誰が歌うのでしょうね

そして今晩は友人の結婚パーティーの打ち合わせである。九時から。パーティー。パーティーという単語がうまく摑めない。パーティーとは何か。もっと云うとパーティー・ピープルっていうのはもっと何か。しかしそのパーティーで歌ってちょうだいと云われての段取り打ち合わせ。段取り、というのもなんかが難しい。私はご存知のように自分の楽曲で結婚式で歌える歌がないのですけど、と云うと、なんか、なんでも、と云うので、そうか、パーティーに歌の内容はともかく、やはり宴の付き物なのだなと思って、そうそう元来そうであったよ、宴で歌われてる内容なんて二の次で全然よろしい、言語野などを通さんでよろしい、「私の歌」なんてものは宴じゃ必要ありませんのや、無記名の歌、ハレの歌、それを歌おうじゃありませんの、しかしながらその場合も、歌手が歌わんでどうするねんという気持ちと、歌手が歌って何がおもろいねんという気持ちがこういうときもぞっと動く、はあ、歌手って何、歌をうたえば皆歌手よ、あそれ、でも内容はなんでもいいのだとしたならばたとえば「僕はもう、うきうきしない」とか歌ったら、それはそれでいい感じに、なるわけがないよね。今年私に来た年賀状は都合四枚。

サラダ記念日の心意気や、よし。

けっこう親しい友人が今年連なるように結婚をするらしく、それに伴って挙式や披露宴などもするようで、最近では披露宴ほど大げさでなく二次会よりは引き締まっている1.5次会というものもあり、だいたい葬式と一緒で結婚式というのは本人のためにするものではないらしく、まわりや親のためにするもんなんだって。ということはこれだけ大人になりました、一生寄り添ってつがう相手もみつかりました、安心してねの親孝行が、結婚式の存在理由なんですか。そして二人の確認作業なんですか。確かに花嫁はきれいなべべを着、角隠しの形態は個人的に好みである。白無垢はこう、ナイス。角隠しかぶって癇癪が収まったというのは聞いたことないけれど、私の場合治るかも。だって角隠しなのですからして。んで確かに母トシエに結婚の晴れ着姿を見せたったら喜ぶやろうなという気持ちもある。親孝行。プライスレスな親孝行。それが結婚式なのね。憂鬱でどうにも仕方のない冬で、このように日記にしたためることなど何もない体たらくの冬ではあるけど、放置しているのもなんだか無責任やなと思う私もおりまして、いわゆる結婚式っていうのはどれくらい費用がかかるものなのかを軽く調べてみました。

まずは実際結婚式を挙げた友達に電話。

Q君、太閤園、私も行った。装飾がバブリーでギラギラしてた。結婚に伴う諸費用、指輪、引っ越し、新婚旅行、なんか色々で、総額い、一千万円。結婚式には、な、七百万円。

S子、南の島で二人きりの挙式。帰国後大阪のホテルで友達主体の二百人規模の披露宴、そして親族だらけのプチ披露宴の都合三回のメモリヤル。新居などは別で結婚諸費用だけで三百五十万円。

K君、おされな空間およびマンハッタン調空間での挙式と披露宴八十人お呼びで諸費用三百二十万円。

H子、新潟の由緒正しい神社で挙式、親族だけの食事会、それでも二百万円弱。

M子、長野のおされなハウスウエディング、なんか諸々で三百万円。

……どんなけ使うのですか。マイク一本一万円の世界らしい。オプションに次ぐオプションの嵐！　オプションの鬼！　オプションでなければ人でなし！　はー、打つの疲れてきた。金額にも疲れてきた。とにかく、これから挙式する友人などにも聞いてみたらば挙式＋お食事会で和装の場合で、最低予算で、二百万円弱はかかるらしい。に、二百万円だぜ。着物を着せてもらうのに二十万円かかるのらしいだぜ。着物借りるのに最低二十五万円かかるのらしい。それでも「あらこれええわね」と思う色打掛など五十は別段通常らしいのですから、加えることのカツラが十五、化粧が十五、万円つけんのしんどなってきた、花嫁の装いだけでざっと八十かかりますのか。全然プライスレスじゃないですよ、感動と資本の正比例図が笑ってます。なんか違うような、なんか違うような気持ちになってきましたぞ。

重ねて云うが私も年頃ゆえにリサーチしてみたが、あーもー、挙式に対するふわふわ感、およびモチベーションが一気に下がってきましたぜ。や、君がサラダおいしいとゆうたから今日はサラダ記念日というので行こうぜよ、自分の大事な約束事に、金はからませたくないぞ、からませてたまりますかいなという気がいよいよしてきた。大事なことに金はからませるなと先人はゆうたではないか。逆に云うと金でどうこうなる出来事は大したことではあるめえということにもなるのであるのか。資本主義の中でしか生きれぬ寄る辺なき人生の中で、今一度、思いを巡らしてみれば、生まれてくるのにも、死んでいくのにも、本当のところは金はかかわらないのである。人を好きになるのにも嫌いになるのにも金はかかわらないのである。貨幣を使うのは便利だからで、体を維持するのにも、原理的に云うと金はかかわらないともいえる。しかしながらそれはなかなかに今となっては難しくって、生きることって資本主義！　ってなこともまったき事実なんであって、貨幣のルールを黙認してのっていかなきゃならぬのに、これ以上自らゲーム参加数を増やしてたまりますのか。生活の中のたった一個でも貨幣のゲームの呪縛から逃せよ！　というわけでトシエが晴れ着姿見たいなどと言ったらあなたの頭はなんのためについているのですか、好きなように想像なさって、と一蹴することにします。私の契りはお金に関与させないかたちで交わそうと、この度思うになんとなく至りましたが、こんなこと云ってバリバリに恥ずかしいベタな結婚式したりして。

眼の日日

武田百合子の「日日雑記」をトイレに置いてあって、何度でも飽きもせずページを繰るのが日課になっている。日課。日課ではないが、同じところも丁寧に読む。写真では美人で気が強そうでいかにも情熱的でハキハキとした印象があるのに、文章はたおやかで、煩い主張なんかからは遠く離れて、武田さんの「眼」が見た物が、そのまま文体を通過して、今にでも触れるような生活を紙の上に再現している。作家というものは、人生のある時点で、自分の中の拠るに値すると思われる器官を発見して、その機能や性能に引きずられるままに、あッという間に一生を終えてしまうというようなそんな生き物のような気もする。私は、記録された人の器官の発揮を見たり読んだりするのがとても好きだ。武田さんの「眼」が記録していく静かな文章で腰掛けるトイレが富士の麓の木の根っこ。

私が瓦を、瓦も私を、みていた冬

ベランダからは屋根が屋根が光ってる。

白く鱗みたいに光っていて、私は旅行をあんまりしないけれど、色んな地域には色んな光が色んな光り方をしているんだろなと思う。たとえば地中海。たとえばエジプト。たとえばアイスランド。それもこれも私にとっては記号でしかないが、それに実体を持たせるためにはどうすればいいのだろうか。実際に訪ねて行って経験するのが方法だろうか。でもたとえば日本。日本に住んでる私にとって日本に実体はあるかといえば、ないような気がする。けれど「実体」という名づけようのないもののことを我々はちゃんと知っていて、それを目指して、それを愛でたくて、そのまわりを、言葉を使ってぐるぐる彷徨しているだけなのだ。名前からの詮索は無意味である。私が未映子という名前で、その名前から私にむけての解釈にはなんら意味はないように。そして今日のこのベランダから見える、この冬のお昼の瓦などの光り方。これに実体がなくてもあっても、もうよろしいやね。私がどこかの単時点で、このように光を見たということだけで、別にそれは悪くもなんともなく、感動からは程遠く、本当はこんなことに名づけられるはずもなく、無理やりにこれに名づけたものが生活というものなんやろう。

春におそわれる

なま暖かく体がいきなり浮く感覚、春の匂いがして匂いがして匂いがして匂いがして私は途端に動かなくなり、もうどうにもこうにも一歩も足が前に出んようになって、動かなくなり、体を前に出そうとするのだが、動けず苦しく、どうにもこうにも這い這い家に引き返した。泣き出さんばかりの、いいかげん、いよいよいったい、飽きたまえよ、私の思春期部よ、しかしながら質量を持つ人間が春の匂いにあのようにやられるなんて、初めての春でもあるまいし、そんな阿呆なことがあるの。あったの。

性の感受地帯、破竹のあはん

今日は寒い一日であったが、私は青山のスタジオへ行き、プリプロという録音前の作業をしてました。歌はむずかしいのなあ、思えば気がつけば一番瘦せていた時期から私は十キロも太っており、私史上初めての数字を弾きだし、これでは歩くよりも転がるほうが早いっつんで、さすがにこれはまずいよなっつんで、セクシー事情にも難ありっつんで、これではデブに近いんではっつんで、えー、とか思ってたらこの間の高熱を機になんとなく体は瘦せ始め、くびれがおのずと生まれだしてきたのだから不思議、そいでもって外食を殆どしなくなった私は見る見るうちに体重が減ってゆき、いい感じ、また一番軽やかであった頃の体重に戻れるのだという現実味が濃くなってきて余裕。も、コンビニに陳列される日清製品とは他人行儀もええとこ疎遠、脚とか腕から細くなるので、なんか瘦せていると思われがちな私の体型は実に着瘦せそのものであって、見えている衣服の0.3ミリ内側はすぐに肉であるので体重は恐ろしくヘヴィ、しかし体重が減るというのは精神の贅肉も削げてゆくのかなんか内部から爽やかではある、お腹いっぱいに食べることしかしなかったこの数年の私は、この間待合で読んだミスだかミセスだか有閑でセレブな暮らしに憧れてる人向けの女性誌に、またそれが分厚くて難儀、ほんでその、誰やっけほれ、ほれ、あの、そう、ほれ、そう、川原亜矢子、が、誌上で読者からのインタビューに答えるっつんで、「私は食べることが好きで仕方ないんですが、川原さんは食べ過ぎたときどうしますか」とかそのような何を聞きたいのかどうも判らない質問をしていて、それに対しての答えが「私はお腹いっぱいになるまで食べたことがありませんので、判りません」という丁寧なのか馬鹿にしてるのか真っ当なのか答えになってるようなねえような、そんな様子で、お腹いっぱいに食べたことがないってのも未曾有、

定説通説ではありますが女子の食欲と性欲っていうのは殆ど同じところに位置しており、互いに充足可能なわけで、だいたい実際お腹いっぱいになると確かにセックスしたくなったりあんまりしないわけではあって、お腹すいてるくらいがテンション、モチベーション共になんかいいのであって、あはは、ダイエット中は性欲が高まるというのはなんなんとした常識であって、恋をすると奇麗になるって云うのは好きな男と性的な何かを繰り広げたいって願望がまず独り歩きして妄想・準備態勢に入ってるってだけのことだっつんで、セックスに誘いたい女子がいたらばデートの最中あん

まりごはんを食べさせないよう、ま、向こうにその気があれば飲みに専向、あんまり食べもしないだろうが、元気そうなのにキャピってんのに「今あんま食欲ないんだよねー、エヘ」なんつったら「セックスはしたいけど」、みたいな裏告白だと思って多分おそらく80パーセントよしということに誰も責任は持てぬがこの際してよし、たとえばホテルなどでも下のラウンジ、ラウンジ？　などから「上に部屋とってあるんだけど」っつうのよりも高層のラウンジ？　などから「部屋に下りようか」っつうのが女子的には素敵に作用するらしいわけでもあって、いわゆる抵抗がないっつんで、

それにしてもなまら男子はお腹が減っててもいっぱいでもよくセックスをするもので、疲れているときや時間などに制限が加わるとより勢いが増し見境がなくなるのはなんか判り易くて雑で荒くてもういやだけども、回数よりも質であるというのもやはり事実、大きさや雰囲気、テクニック云々よりも何よりも、そこに愛があってもなくても、や、愛があればいうことないが、加えて容姿に自信があってもなくても、女子をうっとりさせることは実は出来るのであって、そのうっとりさせる行為というのは、手を握って、笑うことなかれ、手というのはすごいのだよ。でもって男子が上になるのが好ましい、それは重力の関係であって女子は仰向けにしてる顔のほうが何か

につけて見栄えがいいということを熟知しているからで、「イケてる自分」に女子は一番興奮するものなのである、でもってその「私この角度、ライティング、イケてる、と思い込んでいる女子の目」を一回でも多く、そして一秒でも長く、真剣にその「私今イケてるマジック」にかかっている女子のマジックを解くことなく目をじいいいっと見つめながら静かに動かす、というのが極意、簡単だっつんで笑うことなかれ、簡単がこれ、怖いくらいに、女子が女子自身でも感知しえない性の感受地帯、いわゆる性感帯に天井知らずの破竹のごとき強烈でしかもうっとりが爆発する見事なあはん炸裂の花を咲かせるもので、とにかく見つめる、見つめまくる、手は握ったままだかんね！　これがかなり女子のいわゆる全方位型興奮（死角なし）を高めるという調査も独自に済んでおるので、性交全般に自信がある諸氏もない諸氏も、メインに、はたまたトッピングに、いかがなものか、とそういうベタなことを私は云いたかったようなそうでもないような気がなんとなく今してきた。

たかがサボテン、けれども私のサボコは

私の体調は治っているのですが、どうも以前ちょっと書いた、サボコの調子がべらぼうに悪い。も、悪いって話で済むわけもなく、変色してる部分がほとんどである。サボコが茶色く枯れ出したのと、私が体調を崩した日にちが同じくらいで、ううむ。無理やり一蓮托生の感に浸るのもどうかと思うが、ま、偶然であるだろうが、そんな感じ。

私の体調が治ったとて、サボコがこうでは気がやっぱり晴れないわ。でもその姿はなんかもう、厭なんである。なんか見たくないのである。向き合えないでいるのである。

これはなんか親の老後を思う気持ちとちょっと似てる。こうしてくれ、だとか自分のための発言を一切しない、自分のための主張をしない、資財が乏しいゆえの社会性が希薄な、そんな優しい母親と、ただ枯れながらにじっと佇むサボコとが、すごくなんかかぶるのである。守ってやれるのは私しかおらんということも判っておるのに。ああ。何よりも大切で気にしてるのに、でも色々な実際的なことを考えると暗い気持

ちになるのも確かで、色んなことを後回しに、つい目を逸らしてしまうというような。そしてそんな自分が大概、情けない。

培養土を足したりなんだとやっているが、これはもう安らかに息を引き取っていくのをただ見守るしかないような雰囲気。いやな雰囲気が部屋にもうしばらくの間漂ってる。初めに処方をきいた植物屋では、冬の間はそのままにしておくほうがいい云われたのでそのままにしていたが、どうもそわそわするので、最後の砦、サボテン相談室、我らがサボテン相談室に躊躇しつつ、電話をしてみた。

以前もサボコでお世話になったのに、初めからかければいいものを、何故かずるずるとかけられなかったのは、「もう駄目でしょう」とサボテン相談室に云われたら最後のような気がしていたからやと思う。いやなことを先延ばしにする最悪のパターンである。でも今日、電話をした。症状を話すと、これまた丁寧。あなた様はなんでそんなに丁寧なのですか。まずそれを訊きたくなるほどに丁寧。

「枯死してるところは、女性おひとりでは大変かと存じますが清潔なナイフなどで切ってしまってください」「こ、こし」「はい、枯れるに死ぬ、と書いての枯死、でございます」「あ、あの、ナ、ナイフでなければいけませんのでしょうか、あの、宅のサボコはもう、その枯死、な部分がほとんどで、ナイフを使うまでもなく、なんならハサミでちょっきと切れてしまうほどにもう、べらべらなんでありますけれども」「べらべらでございますか」「はい、べらべらでございます」「そうですか、ではすでにべらべらでございましたら、お怪我のないように、使いやすい道具で切ってあげて大丈夫です。うまくいくと再生するという可能性がございますから」

という善き響きにぎゃとひっくり返るほどに明るくなり、わーいわーいわーい！だはは―！感謝！っつって処置の仕方をメモり、電話を切って、サボコの悪いところをカッターナイフで切ったった。サボコにしたら大手術であったかも知れんが、何を何を、私はかるーく、大丈夫やよと云いながら散髪のつもりでやったった。

ざっくと切り終わってサボコを見たら痛々しいよりも情けなくて面白くて、気持ちがこう、さあっと晴れて、けっこう本気で長いこと笑ってしまった。カッター持っておしっこ我慢のポーズで笑ってしまった。笑いすぎて嬉しくてなんか涙が出た。なんにせよ、悪いところがなくなるというのはいいことだ。これでなんか私も、いよいよ体調が快復完了した感じであります。

というわけで、サボコもようやく生まれ変わる準備が出来たということで、我々互いに誠にすがしく、逸らしてた目線も今日からはガン見。母親にも電話し、私が気に入ってるギャグを云わせて電話を切った。これもただ何かを遠まわしにしている行為かも知れんが、少しずつでもこういう気持ちのやりとりをいっこいっこ積み重ねて、私は、私の本当に大切なものに対する後悔をせずにすむ終末に辿り着くしかない。

失くしてから気づくのは、もう、いやである。

世界から出て、野中ユリと本の中へ

野中ユリのコラージュを見てると、私の中のささやかな「個性問題」がいつも揺さぶられる。

我々の「表現する手段」、「手法」の出自について思いを馳せてしまう。

認識はすべてコラージュであり、どんなアイデアもどんな考え方も、誰かのいつかの表現の寄せ集めなんであって、そういった影響下以外に生まれてくるわけがなく、つまり我々の思念はコラージュでしかないっていう話はあるけれど、私が野中ユリを見て思うのはそういう頭の中の個性問題ではなくて、たとえば文字などのあり方そのものにそれを思う。

それ一文字では意味のないひらがな文字、あるいは漢字であればつくりや部首など、それらを組み合わせて意味を構築してゆくさまが映像となって浮かんでくるのや。左の長めの棒に対して右に短めの棒をくいっと書く、すれば「い」が浮かび上がり、ちょっと右下がりの長めの点の下にくにゃとした図を書きえいと払う。したら「え」。

それが二つ並んで「いえ」になって「家」になってゆく、逆細胞分裂のようなそんなまどろみ。それのみでは意味のないものをルールを決めてコラージュして、我々はぐるぐると回っておる。ううむ。

そんなもともとは棒を模したひとすじの「個」と共通のルールに則ってコラージュされて現れる「共有」が、共存しなければそれぞれに意味がありえないっていうこの世界の不思議を感じる。あらゆる個性が共有されて（非個性となって）初めて意味が光り出す世界の中で、なんで意味を保ちながら個性を追求するなんてことが出来るだろうか。個性をなくすことこそが、その個性に意味を持たせる唯一の方法であるのになぜに我々は「個性」というものにここまで幻想を抱くのであろうか。個性が重要とされている「芸術」だってけっきょく誰かが認めなければ、「共有」されなければ、成立しないのであって、んでは人間が作り出すものに個性というものはそもそも存在しないのではないか？　と、こうきて、これってば養老孟司氏のお説ごもっとも、という着地にもなるのだがしかし、まあそんなとこではある。個性って何か。養老氏はすかさず「個性があるとしたらそれは体だ」って云うけれど、私は「どこにあってもそれは単なる言葉」って云いたいな。体でもいいんですけど。

単なる言葉であれ、そうでなくても、「個性」というその言葉が指している、あるいは指そうとしているそのものは、やっぱ実は恐ろしいくらい孤独なものであるのは間違いないように思える。

その本質を知ってか知らずか、だから我々は「個性」という言葉をあんまり軽々しく使わないような気がする。たとえば結構決心したようなときに、何かを賭した場面かなんかで、「それは、君の個性だ」なんて云うことはあっても、たとえば「あの人は個性があるね」なんて云わずに、多くの場面に「的」をつけて、「あの人は個性的だね」っていうように使ってるような気がする。個性とはいえないが、それっぽい、ということですな。そんな二重に隔てられた「個性的」って言葉をきくと、いつも人間の限界を感じるのは私だけであろうか。人間の限界っていうか、「言葉を使うようになってしまった人間の、言葉を使ったコミュニケイションの限界」かも知れん。「個性」、厳密にいうと「言葉」そのものに対する「完敗」と「悲しみ」と「畏怖」が感じられるのだよな。って感じるのは、私が言葉の人間やからか。

もう少し先の草の説明

全草に白毛を密生、葉は羽状に深裂。

夏から秋にかけて緑色の小頭花を多数、穂状につける。

風媒花で花粉を多量に出す。

美しい文章だったので声に出して読んでみるけど、小頭花ってどう読むの？　どきどきしてきて丁寧に手帳に書き写す。でもこれ、「ブタ草」なんよね。

大島弓子を読めないで今まで生きてきた

大島弓子。きっと、すごい、どうせ、面白いんでしょう。あらゆるみんなにとって特別な、みんなが目をきらきら輝かせて語り、語りたい、でも語り尽くせない、みんながそれぞれに生きてきた思い出そのもののようなきっと大島弓子なんでしょう。素敵な絵で。言葉で。うん。きっと判る。でも読めないなあ。なんでかな。ずっと前、漫画喫茶に一冊だけあった大島弓子。本屋でもあればいつも目を逸らしてた。こんな場所では読めない気がする。じゃあいつ買うの。いつ、結局どうするの。男の人に「中高生のときに大島弓子を読んでないことは、未映子さんにとって最大の不幸です。読め。読め。大島弓子を読め。大島弓子を読まずして何を語れるというのだ」とか云われたりもした。そしてどんどん大島弓子が遠くなる。いっそもう、読まずにだって読まずに来たのだから、読まないで生きて死んでいこうか。そう思ったりもした。大島弓子。

私は子供の頃、生まれてきたことがなぜか後ろめたくて、わけが判らなくて、なぜ毎日はこんななのに、いつかみんな死んでしまうのに、いくら働いたってお母さんはちっとも楽にならんのに、なんで三人も子供を生んで、朝も夜も毎日働いて、みんな死んでしまうのに、悲しいことのほうが多いのに、お母さんはそれでいいの。しんどくないの。そんな風に感じていた。三人のうち私がいなくなれば、その分お母さんの働く時間が減るのにと思っていた。お母さんのために死んであげたいのに死ねなくて、こんなことでは三人のうち全員が大人にはなれないだろう、食べるものがなくて死んでしまうだろう、はやいとこいなくなるのがいいことやと思っていた。生きてることへの後ろめたさがあった。生まれてくるとはどういうことか。誰が人生なんてこんなものを作ったのか。当たり前やけれども答えなんかなくて、そうやってずるずると、知らない間に私は大人になって、忙しくなって、今度は子供を生む年齢にもなってしまった。

新しい世界をないところにつくる、悲しむ、苦しむ、それだけじゃないけれど、良いことだってたくさんあるだろうけど、私みたいに鬱陶しく物事を悲しむ癖のある子がもしこの世に出てきたなら、きっと世の中は生きにくいだろう。世界を増やす、人を増やす、感情ではないところでそういうことが本当はどういうことなのかを考えることもしたけれど、子供の頃に感じていたことはいつもどこかから私を見ていて、考えているふりはしていても、気持ちの底では何かがぐつぐつと変動していて、その上に時間だけが重なっていった。

それから随分と時間が経って、「バナナブレッドのプディング」を読んだ。

夢中で読んで、ホットミルク、小さな救い、そして沙良の最後の手紙のところで、自分がふちだけになるような感覚に襲われて思わず床に突っ伏した。私は何もかもに置き去りにされながら、何もかもに抱きしめられていて、今までいじりまわしていた干からびた感情が、見たことない色で輝き出すような、なんていうの、暗い部屋でそんなことが起こっていて、じっとしてると車の走る一筋の音が入ってきて、それを聴いたけど、私は、正しいとか間違いとか、人間関係とか表現とか、そういうことを知らなかったときのただの子供に戻って、ただただ鼻水と涙でぐちゃぐちゃになって、お母さん、と叫んだ。たくさんの車が走っていく音にまぎれて、夜やのにカラスが何羽も鳴いていた。生まれてきてよかったとか、生んでくれてありがとうとか、それは絶対に云えない言葉だったけど、そういう言葉ではなくて、今まで生きてきた言葉じゃないほうの全部が混ざった、お母さんだった。

大島弓子を今まで読めずに生きてきた。何かが怖くて、読めずにきた。でもそんなことはとっくに見透かされていて、大島弓子は笑っていた。そしてこんな風にも思う。今まで読めなかったのは、この冬のためにあったのじゃないか。中高生の頃の私ではなくて、「生まれてきた自分」と「生む自分」の両方がある二十九歳の今の私に、大島弓子の物語が会いに来てくれたのでないか。「生きててもいいし、生んでもいいんやよ」とそれは多分大島弓子のものでもない声が胸の中で響いた。それは読んだ人をひとり残らず抱きしめる。なんも喋らずにひとり残らず抱きしめる。私は抱きしめられてぎょうさん泣いてそのまま眠ってしまった。まるでケープをかけられてるかのようなその眠りは安堵そのものだった。安堵は続いていくものではないけれど、こうして一回の完全な安堵にめぐり会えたこと、このことは、私が二十八歳になって、二十七歳になって、十歳になって、五歳になって、零歳になっておぎゃあと生まれて、お母さんの体に戻って、うれしいやかなしいやさようならがなくなるまで、私は忘れないと思う。

サボテン、手首は恐怖でした

サボコをサボテン相談室に連れてゆく。一度ファームに戻してそれから様子見て引き取りにいくことになった。入院することになった。サボテン相談室の人が「入院」と云ったので、なんか治る気がしてきた。預かってもらえることになった。ありがたい。転勤で上京してきた友達が今日会える？　と電話をかけてきたので、今サボコを入院させる手続きをしてるというとサボコて誰というので、うちにおるサボテンやんか、というと、明らかに理解不能な沈黙をまぜつつ、へえ、とかいうのだった。猫や犬や赤ん坊ならそれは大変お気の毒ということになろうが、サボテンでは理解しにくいだろうよそら。

このあいだなんか書いてたらパァンと派手な音がして、思わず体が振り向くとサボコがすべて変色していた。悪いところ切って安心してたからそして前日はそんなことなかったから驚いてショックだった。で、その弾け飛ぶよなパァンはなんやろかと思いはしたが、別に気にしてなかったけど、今日寝室のベランダのガラス戸を見るとそこには見事な亀裂が走っており、これはなんでこうなったのやろうか。割れてる。何かがぶつかった形跡もないし、何かが飛んできた様子もなく、だいたいベランダにものは置いてない。重なってる網戸は無キズ。不思議や。鋭い風が吹いて、そのような気もするけど。もしも突風でお腹や顔や首などがさくっと切れたりしたら。私は子供の頃、人が手首を晒して生活してるのが恐ろしくて仕方なかった。電車のつり革を握ってる人の手首は特に恐怖だった。

さようならサボコ

昨夜、サボテン相談室から電話があって、実は先日預かったサボテンのことだが、様子を見ると、もう駄目だということがはっきりしていて、ファームに戻してもきっと再生は不可能という判断になったらしい。

リアクションに困るだろうからサボコのことは友達にも云えない。だってサボテンが枯れたぐらいでこれほど人が悲しむなんて理解しがたいことぐらい私にも判るので仕方がない。

私は犬と暮らしていたことがあるけど、犬とサボテンはやっぱり違う。何が違うって形が違う。色々がまったく違う。けれども相手の行動に気持ちを与えてるのはいつもこっちの想像で、尻尾ふってるからどう、とか、唸ってるからどう、だなんて、誰が犬からきいたのか。私は犬にむかって、「解釈が違ってたらごめんね」とよく云っていた。考えれば人間同士でもそうなんだけど。生き物でなくても、大事な人の物云わぬ形見や写真や色々に、気持ちや彩りを与えるのは、常にこっちの気持ちや彩りであって、こっちの想像と相手の反応の歩み寄りでしかない。サボテンに気持ちを与えるのも、そういう意味ではいつでも可能だった。我思うゆえに彼あり。ゆえに我々には、他人には理解してもらえそうもない、けれど、気持ちの行き来がいつも、あったなあ。

駄目になったサボコはファームに引き取ってもらえることになった。よかった。お世話になります。土曜日に空になった鉢を引き取りに行く。上京してきた日にガスも電気もまだ通ってなくて、水のお風呂に入った日に、私は近所の店で、植物についぞ興味がなかったのに、大きなサボテンを買った。七千円。とげをよけながら抱きかかえてよろよろと歩いて部屋まで戻った。サボテンを真ん中に置いて、じっと見つめた。さっきまであんなに寂しかったのがだんだんと和らいでいくのが不思議だった。サボテンはうまくいけば人より長生きするらしい。よろしくサボコ。暗い部屋で、明るい部屋で、お風呂上り、初めての録音に行くときに頑張ってくるでと云ったこと、ただいま、水やで、今日は暑いなあ。彼氏と喧嘩して私が部屋で暴れてサボコが倒れたこともあった、今日の出来事、くよくよ思うこと、もうあかんかもしれんねんとか、こんな曲が出来てんでなんてサボコによく話しかけていた。三年目はにょきにょきと大きくなり、ぐんぐんと力がみなぎっていた。夏には、白と黄色が混じった小さなかわいらしい花を、ぽんと咲かした。

さっきお昼ごはんを食べながら、この五年間の色々を思い出して、食べながら泣いた。泣きながら、これでは猫の玉が死んだときの武田百合子やなーと思いながらまた、食べながら泣いた。

さようならサボコ。

愛や平和の爆弾で私はぱっくりと割れ

何にでも終わりと始まりがあるのは世の常であって、しかしながら決して見れん終わりというのもあるらしく、ああ、私はいったいいつ死ぬのかな。なはんて別にいつ死ぬのかなあ、なはんて、そう、今は太陽が出ていることやし体は太陽を受けているのであってこの場合のいつ死ぬのかなあ、なんていうのは「二日はいったい晴れるかなあ」なはんてことぐらいの平和の腑抜けたお遊びであって、あくびがてら意味もなく、こんな風情でも人は「いつ死ぬのかなあ」なはんて云えちゃうのだからなあ、というわけでご機嫌伺いである、世界の。

惰眠・午睡・至福

顔も洗わず仕事のことも考えずこれからのことも考えず、何もかもを考えずぼーと布団に入ってると眠くなってくるので昼間、ぼーとしているのだから気持ちがいいのであって、こんな風な午睡のひとときになんか一人で完結した、いやらしい気持ちになって体や頭から色々がゆっとりと漏れる感じ。

美しい、美しい坂本弘道

美しいものを見たりその人自身が美しいから、美しいものが現れるのではなくて、そうや、もともとそこに美しさが充足されているんなら、なんでまた世界にわざわざ美しいものを発露させる理由があるかいなと思ったわけだ。

先日坂本弘道のソロライブへ行った。

言葉はなく、意味はなく、チェロが掃除機風味になって床を這いずって、無数のあずきが共鳴しあって、引き伸ばされ降り注ぎ、それは目に耳に、存在の音の祝祭であって、「美しい」という言葉にそれらはしゅると集約されていったのであった。

この人、実は極悲悪人なんではなかろうか。

私はふっとそう思ってしまった。

普段、も、どうしようもないくらいの実は悲しみや悪意や色々で荒みきった人でなければ、これほどの集中力で、この一瞬一瞬に全員がめまいをおこして息も絶え絶えばたっと倒れてゆくような「美」を繰り出すことなんか出来ないのではないかと、そう思ってしまった。というか何もせずにただ居るだけで美しい人がそもそもこんなことする必要なんてどこにもないのだ。

表現する人はすごいなどと、なんでかいつの間にかそういう馬鹿げた話になっているわけだけど、表現というのは実はほんとうは滑稽で恥ずかしいものだ。表現者というのは大きな声を出したり、反抗してみたり、ここに居ますと叫ばなければ、そこに黙って座っていられないどうしようもない種類の人間であって、いわば一番判りやすく欠落した人間であるともいえる。

ただ居るだけでは生きていけない鬱陶しい人種なのだ。だからほんとの命懸けで、なんとか生きるために「美しさ」を作り出そうとする。明日も生きてゆけるように、世界を一瞬でも変革するように、一瞬を命懸けで狙うのだ。後ろにはなんもない。新しいことをしたいだの、こんなことが出来ますだの、他の気持ちなんてなんもない。引け目や負い目や苦しみや悲しみや負け続けることや汚いもの、つらいものしんどいもの、そういうところからおのずと立ち現れるものでなければ、ここまで美しくはならんやろう、なる必要がないやろうと、私は思ったわけだ。

そんな美しさにまみれた坂本弘道を見ていて、きっとこの人は今日のような美しさの爆発のこの「点」をつないでこれから死ぬまで一所懸命、その点々を生きていくんやろうと思った。

そしてそのあまりの美しさに、極悲悪人を超えて、この人、演奏している以外ではもしかしたらぬか床に人でも漬けてるんではないかと思った。そう思うくらいに美しかった。

「わたくしのこの喉の渇きがコップ一杯の水を美味しくさせる」って多分、ボーヴォワールの言葉だったと思うが、もとから美味しい水などない。悲しみや孤独や妬みや嫉妬や憎しみが、喜びや安心や許しを生む。逆も可、人生は両極を行き来するなんかの玉。

私はそれを知れない

パソコンの中の写真を色々整理していたら、そら女の二十九歳になれば四季折々の写真があるわけで、アーこんな写真もこんな写真も、アーこの頃こんなやったかなどと、さらさらと流し見していたのだが、一枚だけじっと見てしまった。

私がベッドの上に座って頭の上にカメラを載せて、鏡に映る部屋を写した写真。部屋はいつものように散らかってて、その後ろのほうに、ずっと前にずっと付き合ってた人がちらっと写ってて、その人とは今も仲良くしているし彼に対してのオセンチな気持ちではないのだが、写真の私が座ってるベッドには赤い毛布がごろんとあるのが写ってて、その毛布はもうないのだけど、その毛布の感触を、重たさを、毛羽立ちの感じを、私は今このとき、たった今も、ああこんなにありありと、思い出せるのにな あ、や、思い出すというのでもなく、今もすぐにその毛布に足をつっこんでくるまれるのになあ、とつくづく、思ってしまった。それはもう、絶望的なほどに。

もしかしたら写真の中の私は、私が写真をクリックして閉じたあと、カメラを置いてあの毛布に滑り込むのかも知れん。毛布と敷布のあいだの冷たさ。んで散らかった部屋について、午後の過ごし方について、彼と話するのかも知れん。サボコもちらと写ってる。その時点その時点の私、および彼、および毛布が今もって、綽《しゃく》綽《しゃく》と活動してるのかも知れない、知れない、知れない、私はそれを知れない、と私は本気で思うのである。写真の中身が全部そうだ。

尻が痒い、それ以上も以下もなく

まだ桜が咲く前に、大阪の姉と小さな子供二人と、弟とその婚約者、とその犬二匹が東京へ来て家に泊まっていった。目的は弟が東京に越してくるための部屋探しで、姉はディズニーランドに行くためについてきた。

私は断固ディズニーランドは遠慮しとくと云ったのだが、来てくれると本当に助かると懇願されること一時間、云われるうちに目の前の仕事から逃げられるという気持ちがふらふらと湧き上がり、これはいわゆる人助けなのであって、と言い訳しながら逃避の成立、行動は車なので座っているだけでいいのだし、願いを叶えてやることにした。しかし行ってみれば私は何もすることがない。乳母車を押すだけ。そしてパレードを近くで見るための席取りをお願いされ、一時間半も歩道のようなコンクリにじっと座ってることに。本も何もなく、首に巻いてた厚手の布を広げてその上でぼーっとしていた。

ランドは人で溢れかえり、遊具に乗るためには三時間並ばなければならないらしかった。人があまりに多いのでランドが口に見えてきた。人々は口からこぼれるように動き回る色々な形や大きさの歯。さっき入り口のところで小さな口の男が笑ったとき、綿かポップコーンが詰まっているように見えたのだが、それは大きすぎる乱杭歯の数々がこぼれるように見えただけであって、その印象がそのまま移動したのである。

蝶よ花よと育てられているであろう子供がおのおの好きなキャラクターの気合の入ったコスプレをしており、ドレスドレスドレス。白雪姫でかぶろうもんなら「ねえあの子とどっちがかわいい?」と母親の太股にしがみつき、幼心に競争心までがぐにぐにと芽生えて成就されてゆくさまが少し怖く、心細くなってきた。後ろではデコラティブにすぎるもはや半球に近い爪と扇子のようなまつげのギャルが「ミッキーよくね?」「ミニーやばいんだけど」「やっぱバズっしょ」とかを連呼していた。となりの小学生の女の子は母親が買ってきた食べ物が気に入らぬらしく駄々をこねて父親がまた新しいものを買いに走らされていた。

そんな光景を見ながら何年か前に1チャンネルで見た、大阪の下町の特集、母親は蒸発、父親はアルコール依存症の果てに動けなくなり、父親の車椅子を押し身の回りの面倒を見ながら生活保護を受けて暮らしている小学三年生の女の子のドキュメンタリーを思い出していた。その子には雑種の犬がいて、それは飼っているというよりは、そばにいるというのが正しい印象、その犬はとても利口そうな顔をしていて、いわゆる魔法などで犬に化けさせられた賢く心優しい頼りになる人間の男のようであった。訳があって今は犬の形をしてますし、話すことが出来ません、しかし私は彼女をしっかり守っておるのです。というように見えた。犬は凜々しかった。カメラが顔の汚れた女の子がぼろぼろの台所で食器みたいなものを洗ってる様子を映す。インタビュアーは「どう?」みたいなことを聞く。女の子は「台所は、ほんまはもっときれいにしたいけど、だから恥ずかしい」と恥ずかしそうに答えてた。

戻ってきた姉に「私は今、テレビで見た生活保護もらって父親の面倒見ながら犬と暮らしてる小三の女の子のことを考えてた。あの子は白雪姫に変身したり、差し出される食べ物をいたずらに要らんとゆうたり、こんな大金を使うこともなく、今もきっと車椅子を押してるやろう。ああこれは、この差は、いったいなんの差か。あなたはどう考える」と云った。すると姉は「あーもう暗い。暗くなるわ。あーネガ。ネガティブ。あんたそういうことは頭の中で考えて。口に出さんといて。楽しんでるのにすごく疲れる」と云われた。う、と詰まり、黙ることにした。

私が何を思い出そうが出さまいが、髪をカールしたドレスの少女たちはくるくると踊り、いやんいやんと駄々をこね、赤ん坊は言葉がないぶん泣き叫び、大人は子供にひとつでも多くの世界を見せてやることに成功し、一秒追加されるごとにかけがえのない思い出と体験は増えてゆく。

目を閉じれば大阪弁が行き交う中、少女は傍らの物云わぬ犬に、自分が大人になったらこんな家に住むんやよ、と砂に線を走らせ話しかける。もっと目を閉じ、もっと体をなくしてゆけば、もっと遠くで、もっとはるかに、突然に破壊された家が崩れ去る音や、逃げ惑う群集の怒号、助けを呼ぶ無数の悲鳴が聞こえるかもしれないが、やはりそれはあまりに遠すぎるのであって、どんなに耳を澄まそうとも、私の耳に流れてくるのは、少女が欠けた茶碗を洗う、ちろちろと流れる流しの水道の音だけであった、諦めてゆっくりと目を開ければ、長い時間座り続けたために痺れた尻が今度は確かに痒くなるのであって、ぼりぼりと尻を掻くうちにそのぼりぼりの音は段々と大きくなってゆき、少女の微かな水道の音さえを、あまりに自然に飲み込んでしまうのであった。

黙って自分の仕事をする用意どん

今回は即興の音楽家、坂本弘道、清水一登と私との三人でのパフォーマンスだったのですが、いかがだったでしょうか。私にとってはすごく素晴らしい、難しい、親密な経験となりました。

さて、私は、私の、人間女子一生の仕事をやらねばなるめえ。「タイタンの妖女」三二七頁にみられるビアトリス・ラムファードの、あの最後の仕事のように。念願。返す返すも感謝。聴きに来てくれて本当にありがとうございました。

砂漠、世田谷、銀河

今日も走っているときに、私は耳に白いイヤホンをぶち込んでいてカラフルで立体で煌ついた音楽を聴いていた、ああ音楽を聴くのはほんとうに久しぶりで気持ちが高まればもっともっと肺をしめつけたくなって頭が何も思わなくなるまで苦しいですで満たしてやるのだつって足がこれ以上はまわりませんというくらいに走れば、目論見どおり心臓の音は遠のき「ふち」が曖昧になって指の輪郭もなくなり信号見る質量と肘を振る重さが同じものだと思えたとき、世界はその音楽で満たされていて涙などはこのためにあるもので汗に混じり首を伝って地面が木々が風が「ふち」や「概念」を優に飛び越えてただあるものとして震えていたのを、私は見たとも感じたともいえないその気持ちになって、髪の毛の先端までに音楽の成分がひしめきあい、ああ私が今、このどうしようもないありふれた安っちい絶望の淵から今こうしてあなたに手を、にっこり涙笑いで走りながら手を振っているのです、この手を振っているのが見えますかあ、今、私が走り出した私が全身を浸らせているこの感激の正体を私は私はなんとか誰かに伝えたい、生きていればたまにはこんなことがあるんだよということを、胸をさくっと切り開いたらば砂漠の砂や銀河が流れ出すのかも、しれないよ、見える人には見えるのかもしれなくて見えたらそれはお前の砂漠と銀河であって何を遠慮することとありますかいな、砂漠だ、銀河だと認めればよろしい、誰が世田谷を見たんですか、誰が世界を見たんですか、世界が世界を見るのでなければいったいどこにあなたや自分の語れる余地があるのでしょうか、ああ、全放棄全受容の多幸感、この感激は頭の中だけにあるのではないという直観が銀と輝き、私はやはり胸にあると思うのです、おおここらへんに、ここをざっくり開いたならば、何が出てくるのかは判らんがきっとそれを見たもうひとりの私が、もうひとつの人生を、もう一回初めから生き直してもいいかな、なんつって、と思えるような、もうそらえげつないほどのすんごい善きものが、つまってるようなそんな気持ちにさせられて私は紅潮してゆく顔面や体に涙をだらだらさせて足が足でなくなるまで、たったたったと走り続けたのでした。

ご機嫌さん、ご機嫌さん、つってたら人生がしゅん

何を頑張ってよいのかがもう、判らぬほどに暑くなったり寒くなったりいったい誰を殺す気なんですの、なんで何を生んでるんですの、もう五月とかゆっちゃってさ、はー、この調子でしたらあっという間に人生が、しゅん。

物語のガッツ

「一生懸命さ」を人に向けて発揮出来る状況とはいかに恵まれた事実であろうか。

そんなことをある劇団のお芝居を拝見して、ライトの下でやりきった感に震える役者の顔を見ながら思いました。達成感。感謝。ちょっとの反省。明日への意気込み。今彼らはそんなものに身も心もめらめらに燃えているのであった。

それとは別のところで、決して人には知られることのない懸命さが確かにあるわけで、それは決して労われることなく、人の陰になり、噂の搾取、などをされ続け、存在しないも同然の生活や苦労なわけで、けれどもその一生懸命さは間違いなくひっそりと存在していて、そして、それが世を支える懸命さの殆どだというわけで。自覚する表現者の懸命さではなく、私は、ライトに照らされて、興奮気味に拍手を受ける役者の顔を見ながら、そっちのことを考えてましたわけで。「それが嘘であってもいいのだ。何故なら、誰かの懸命さは必ず他の誰かに見られているものだということは、物語が伝えるべき正しい真実だからだ」。舞城王太郎氏の物語についてのこんな一文を思い出し、私も思う、間違いなく、そうやと思うわけで。

鰯なのだよ

大阪の帰り、品川から渋谷までの数分、も、疲れ果ててかろうじてつり革で繋がれているところに、場違いなテンションで喋くりまくる数人の紅顔青年。舞台？　と突っ込みたくなるような発声のよさ、台詞調で、や、これはもしかしてゲリラっつうの、なんつうの、そういう実験演劇かもしれぬのだが、そんなことはもう今の私にとってはどうでもいいことであって、実験はなるたけ自宅でやって欲しい。ここは疲れた大人たちが腐りかけの鰯、ぎりぎりのオイルサーディンなのだよ。そんな私の切願をよそに、彼らが口から泡を飛ばしながら何を話しているのかということは、私にとってはもうどうでもよろしかったのですが、「しまうま！　いたじゃん！　んで毛皮欲しい！　とかつって、ペット殺したじゃん、あいつ、バイクマンバイクマン！　サーフィンされちゃってほら、よくね？　よくね？　んってすぐ死んじゃうしさ！」と云ってたので、この世には判らないことがその殆どであるとはいえ、なんつうのか、これは何やろうか。私の話も誰かにとってはこんな様子なのだったらそれはなんというか、孤独なのか独りじゃないのかよく判らない。

フラニーとゾーイーやねん

サリンジャーの「ゾーイー」、ゾーイーの兄妹喧嘩のあの台詞のやりとり、私好きやねんけど、大阪弁で置き換えて読んでいくと、単に私が関西弁やからと思うが、やっぱりグルーヴがね、生まれるよね、生き生きするよね、でも東京のお芝居でもさ、関西弁を使う作家が多くて、ほんまの大阪弁とはかけ離れてるのに無理無理関西弁を使ってるのやが、狙ってる効果としては何なのやろうか。大阪弁はいったい大阪以外の所で何を生むというのだろうか。なあ、大事なことを話すときには訛りのある人は訛りが出るし、そこがぐっとくるし、訛りとは本来感情と直結びになってるもんでもあるし、虚構の上で方言のイメージが担ってるものはやっぱり現実味なんであろうかな。

たとえばレストランでイライラしながらスノッブな彼氏に向かってフラニー、「ちゃうねん。張り合うのが怖いんじゃなくて、その反対やねん、判らんかなあ。むしろ、張り合ってしまいそうなんが、怖いねん。それが演劇部辞めた理由やねん。私がすごくみんなに認めてもらいたがる人間で、誉めてもらうんが好きで、ちやほやされるのが好き、そんな人間やったとして、そやからって、それでいいってことにはならんやんか。そこが恥ずかしいねん。そこが厭やねん。完全な無名人になる覚悟がないのが自分で厭になったんよ。私も、ほかのみんなも、内心は何かでヒット飛ばしたいって思ってるやろ。そこがめっさ厭やねん」

たとえば居間の床に寝転んで引き籠りのフラニーに向かってゾーイー、

「そやけど俺の気に入らんのはな、こんなもんシーモアもバディも気に入るわけないけどな、さっきゆうてたやつらの話するときのお前の喋り方や。つまりな、あいつらが象徴してるもんを軽蔑するんやったら判るけど、お前はあいつらそのものまで軽蔑しとんのじゃ。個人的過ぎるんじゃ。フラニー、ほんまやで。たとえば教師のタッパーの話したときもやな、お前の目普通ちゃうで。人殺すときみたいにぎらぎらしすぎや。光りすぎや。あいつが教室に来る前にトイレ行って髪の毛わざとばさばさのぼさぼさにしてくるゆうあの話。そら全部お前がゆうたとおり間違いないと思うけどさ、でもそんなもんお前に関係なくないか？　あいつが自分の髪の毛をどうしたこうしたってええやんけ、あいつ何を気取ってんねん、ププ、ダサイやつやなー思てたら済む話やんけ。悲壮美なんですねーゆうてそんなもんいちいち演出しなあかんほど自信ないんやなあゆうて、同情したったらええんとちやうの。そやのにお前は、ええか、これだけはゆうとくけどおちょくってるんやないで。お前が喋ってんの聞いとったら、あいつの髪の毛自体が、なんかお前の仇みたいになってて、それはちやうやろ。んでお前がそれを判ってるっちゅうのがもっと気に入らんわ。あんな、フラニーな、制度を相手に戦争でもおっぱじめたろかゆうんやったら、頭ええ女の子らしい鉄砲の撃ち方を、せえや。敵はそっちやろうが。あいつの髪の毛がどないしたとか、ネクタイがどうしたとか、んなもん関係ないやろうが」

なんか意味深なゾーイーの説得。

一億総記録魔

雨が降ったり止んだりしていて振り向けば書き言葉で社会は溢れていて世界はいつだって静かなのだった。

社会では戦う姿勢は美しいのらしい。人は人にようさん云いたいことがあるのだなあ。自分に向かって云いたいことが、自分に向かって云うだけでは物足らなくなるのだろうなあ。物足りる足りないというのも目分量ですが、釣りが出来たら私の人生も大幅に変わるだろう。新幹線はいつも混んでいてみんなが絶えず移動しているのです。ここはたくさんの無言。

私のこの書き物も含めて果たして誰がなんのために誰に話しかけているのやら。話しかけているのだろうか。乱射された説教や言葉はどんな彼方を連れてくるのだろうか。人生賭してのプライド合戦というのは、優れた記録を残すという一点のみに集約されているのであって、どっちを向いても一億総記録魔。

そうでもせんことにはこの恣意に始まって恣意に終わっていく人生を生きるしんどさに、なかなか説明がつけられないと、そういうわけで、結局はただではしんどい人生生きてはやらんという損得勘定であろうか。や、人は言葉があるので、単に、記録をしたいだけなのであろうな。しやん人もおるけれど。

手紙、青色ト息で気散じ

ドトールに座って手紙を書いてたら、横一列が全員何かを紙に書き付けていて、今このとき、誰かが誰かに語ろうとしているのか、ひとりごとなのかは判らないが、とにかく詩やら切ないやらメモやら怒りやら業務連絡やら宿題やら思惑などが、それぞれの頭蓋か心の中にあり、まったく見知らぬ我々ではあるが、何かを書いている、という点では同じじゃないの我々、ふふ、面白いねって、頑張って生きようよねって少々心あったまる気持ちと本当に馬鹿馬鹿しい気持ちの半々。レモンティーは時間が経つにつれ苦くなる。

しかしながら右隣の少年っつうか青年っつうの、二十歳は越えてるやろうが椅子にもちゃんと腰かけられぬほど参ってる様子で、彼は一行書くごとに、「あふぅ」だの「おっほぉ」だの「えぇふ」だの青色ト息を漏らすのでこっちがうう、とうなってしょうがない。ま、手紙っつうのは書いてる最中にちょっと興奮しちゃって感情耽溺五割り増し、泣けてきたりもするものなんであって、ま、いい具合に鼻腔あたりにツンとするオセンチを蹴散らしてくれたのはありがたかったけども。

ト息の発せられる感覚も狭くなって、多分それは自意識と自分で認める前の自然の発露であって、別にポーズというのでもなんでもなくて、青年はとにかく苦しいものなのだ。青年の裡には箸を持って椀に目を落としているだけで「切ない」と「無常」と「うどんの麵」が結ぼれて身動き取れなくなる沸点が無数に点在するのであって、や、青年だけが苦しいわけでもないですが、青年の苦しみというのは大体が好んでするもんである。拾わんでいいものまで持ち帰って用途、収納に困るというような、自分が拾うこと自体に何か意味があると勘違いしている節があり、それはそれでいいのだけど、使用方法も捨てる方法もなかなかに思いつかず、人にやるには勿体無い、のでただ置いておきときどき眺めてはこれの値打ちが判るのは俺だけだねと、とにかくそうこうしてるうち、そんなもんには一切の値打ちはなかったのだと悟る頃には部屋は埋もれ臭いもするわで、最近出来た彼女にはこんなものを集めてたとは絶対に知られるわけにはいかんのであって、おいおかん、今度の日曜までに捨てておいてくれと丸投げしやなしょうがない始末、ま、けっこうしんどいものなのだ。

とはいえドトールで何がそんなに苦しいねんと、部屋帰りよ、部屋に、と、ちらと見やるとでっかい文字でなんか色々ランダムに書き殴ってあるある。モロモロになったノートに思弁タコ殴り書き。

「人は名作を読むと影響されるか」「人は誰もが伝えたいことを持っている」「僕はある本に出逢った、ラッキーだった」「この世界で生きるということ」「ただ君に逢いたい」「たとえ絶望が僕らを満たしても」

などなど。ほほう。私はもうすぐ三十路であって、ト息はもうあんな風にはつけないけれど、突っ伏して書き姿は同様、ついでに考えてることも結局のところ同じであった昼なのに青すぎてくらくらの正午。

フォントについて、連絡乞う　至急!!

このあいだ、少しの待ち時間のあいだに村上春樹「羊をめぐる冒険」を読んでたら、面白いのでずるずるとまた最後まで読んでしまった。

で、全国の「羊をめぐる冒険」読者にお伺いしたいことがあるんですけど、私の手元にあるのは、上巻、講談社文庫、一九九三年一一月一六日第二十四刷なんであるが、一二五頁と一二六頁だけフォントが違うのである。うむ、違うのである。見れば見るほどインクも濃いように思えるし、ひらべっちゃく、明らかに異なるのである。私は十年前からこれが気になって気になって気になって仕方なかったのですが、今回もやはり気になってしまい、思い出すのであった。なんでここだけフォントが違うのでしょうか。それとも私の目の錯覚であろうか。否、違う。明らかにフォントが違うんや。文脈的にいえばまったく問題ないのだが、それが私の問題にならないとは限らないのであって、すっげい気になっちゃう。意図的であるならばなんでこんな面倒くさいことをするのであろうか。意図的ではなく単にミスなんであろうか。この件について、お心当たりある方はよかったら考えてみてくださいあらゆる可能性を。も、十年前からときどきですけど気になってます。

量はおのずと質になる

夕方になればどこかからピアノの音が流れてくる。練習。音階。助け合ったり凭れあったりつんのめったり。毎日、私がこの部屋におったらば時間は同じくらいにゴリンゴロン、ゴロンと教会の鐘が鳴る。誰が鳴らすん。リボンの騎士やわと絶叫。もとい、リボンの騎士のオープニングなどと訂正。毎日毎日。日常の義務というものがもしあるならば、彼にとっては鐘を鳴らすことですか。義務。こわい。私にとってのそれはなんやろう。子供の頃は我慢であった。んで通学。学習であった。親子・家族関係だったね。

しかしながら大人になるというのは好都合もありながら、やはり不自由なもので、本当に厭なら、本当のところは何もかもやめてしまえることも出来るのに、やめてしまえる、うっちゃれる、どう、この恐ろしさ。この恐ろしさに気づいてしまったのだったからさあ大変だ。

どこにあるか判らん教会の姿はまだ見たことない。

墓石が青くなっちゃって

初めて上京したのは二十歳頃で、暑い夏、それはひとときのことだったけれども、そのとき、まず訪れた場所は皇居と三鷹の禅林寺。皇居はなんとなく。本当になんの意味もなく行くところがなかったので多分行ったのやと思う。国会にも足をのばすと炎天下、センターに守衛さんが立っていて、一時間ぐらい話す。こういう仕事のせいかどうもいつも仲間から疎外されているという風に感じて最近はあまり出掛けなくなったという悩みを聞く。禅林寺には太宰治と森鷗外の墓があって、夕方にホテルを出て、三鷹駅からバスに乗り、墓地に着いたのはもう暗くなってからやった。もっとなんつうの、夕方には着く心持であったのにそれは大きくはずれ、寺は大きく、おまけに誰もいないので、いやにひっそり、本堂の呼び鈴を鳴らすと住職さんがぬっと出てきてくれて、手馴れた様子でどうぞどうぞ、墓へどうぞと云うので、墓へ行こうと思ったらそれは半地下通路のような暗い暗いところを通らねばならず、それはなんだか気色悪く、ぬるぬるする思いでえいと墓地への階段を上がると、四隅にばっちりブルーのライトを点けて墓地感を演出しまくっているわけで、ベタというかなんというか、むんむんであった。昼間の墓地は落ち着いていて、なんだか優しくて好きだけれども、墓地の夜は夜自体が未曾有の生き物に思えて液体のようでもあり、鼻から毛穴から侵食されそうで心の準備が追いつかない。そしてまったく落ちつかない。ブルーのライトでばっちり照らされる墓石をうろうろと検分し、ほとんど対になった二つ、目当ての墓を見つけると、用意してきたショートケーキを殆ど放り投げるように供えて、お仕舞いお仕舞い、とかゆっちゃって、これでは罰ゲームですよ、こういうシーンが「まことちゃん」にありましたよ、むろんバスはもうなかったので、三鷹駅まで歩いて、電車に乗って下高井戸のコンロ付きホテルに帰った。夜の十一時からきんぴらごぼうを炒めた。それから四年後の二十四歳の夏に私は東京で本格的に暮らし始めたのやけど、三鷹に行ったのはそれの一回きり。私の中では三鷹＝禅林寺＝ライトアップ＝きんぴら。太宰も鷗外もかすりもしやん。

送信は無理　蕎麦は食べる

目から入った情報はそのまま体にたまるから、苦しいのよねと、伝説聖女がゆうとった、乾燥イチジク体にいいからお食べなさい、っつうんでぽりぽりかじっていたものの、裂け目から内部をじっとみてしまったら、気色が悪くて、お口の中にめだまがなくてよかったわ、お口やて、ヤフーに電話して解決しよかと思ったが、そんな元気がないので友達に電話してあれこれ聞いても、判らないのだって、執事よ執事、執事って何をする人か、銀河荘なの！　思い出す、青く沈んでいく夕方に白青く光るでっかい果てに電子看板、私がカラスとかやったらば、あれを目指してとりあえずは飛ぶんですけど。

黄金の雨の中おしっこを漏らす大人

束の間の晴れ、私はジャッキー・チェンについて考える。

考えるというより思い出す。というより私はジャッキー・チェンの映画が苦手で、最近の映画では勿論なくて、よう判らんがジャッキーの古い映画で、全体にこう、茶色っぽいやつで、銀王とかが出てくるやつ、あれが苦手で、なんで私はジャッキーにまつわることが苦手なのかをなんとなく思い出す。それは両親における「戦い」が大きく関係しているのであった。

私の母親は若くで子供をぽんぽんぽんと三人生んで、母親が私の年の頃には私は七歳と八歳の間であって、母は若かったのである。

んで両親はなんの因果でなんの遺伝かというほどの血の気の多い夫婦だったわけで、今をときめくドメスティック・バイオレンスという洒落た要素は皆無、夫婦喧嘩というレベルを遥かに超えた壮絶な戦いで以って、生活の機微の解決の手段としていた。

話し合いは戦いになり、戦いは次の戦いを連れてきた。そんな戦いを幼少の頃から私は毎日のように近場で見てきたわけで、その戦いが子供心に凄かったわけで。

たまに遊びに行くよそのご両親の立ち振る舞いなどは、信じられないくらいにジェントルで、私の先天的なアイデンティティはそのたびにぐらぐらに揺れたもんよ。これが同じ親という名を冠せられた人間あるいは役割であろうか。私は困惑、この事実、極度の差異は何であろうか。よその家の事情はまるですべてがおとぎ話であった。ケーキとかウエハースとかで家が出来てるようであった。それに比べてのこの私の一切のなんやかやよ。お願い。すべて何かの間違いであって欲しいとよく思ってたもんよ。

戦いはいつも壮絶で、とりわけ記憶にそのビジュアルがはっきりと焼きついているのが二つある。実は三つだが、頂点にそびえるベスト・バイオレンス・ビジュアルは思い出そうとすると私がうっかりフと死にたくなってしまうので、わりかしマイルドな記憶をご紹介。

ある夜、どこかの店でド派手に口論になったあと、人前でドラを打ち続けるかのごとく怒声を浴びねじ伏せられキャンと完敗した母親が、店を出てもなおぶつぶつと悪態をつきながら階段を下りようとした父親を、いきなり背後から蹴りで突き落としたのだった。物凄い音がして、私は心底驚いた。や、蹴りというよりは、蹴り転がし落としたのだった。死ぬで。私はすでにそのとき階下にいて、激音とともに転がってきた父親にもぎょっとしたが、落ちてきた巨大な父親は動かず、何が起こったかと恐る恐る上方を見やると、はるか頭上で狂ったようにきききききーと高笑いしている母親が仁王立ちをしているのが見えた。なんか黒いシルエットとして見えた。それを見たときの、あのなんとも云えない、本当になんとも云えないあの気持ち、なんてゆうか、あれはなかなか忘れられない光景で、出てきた近所のおっちゃんやらおばちゃんが私の肩を抱いて「おとうちゃんら、すごいなー」と慰めなのかなんなのか判らないことを口にしたのも忘れ難いのであった。

またあるときの応酬の場は近所の空き地であった。あの頃はちょっと歩けば空き地があったもんよ、捨て犬もおったもんよ、思う存分双方が殴り殴られ、散り散られを激しく繰り返したあと、父親のなんかがいい角度でスコンと決まったかなんかして母親がゴンっと音を立てて倒れたわけだ。私は、あッと思って、やば、と思ったわけで。駆け寄るにも戦いに口を出すと私がまずボコボコにしばかれるというのはもう体に染み付いた掟であって、遠巻きにはらはらしたりして、でもやっぱ私は母親シンパで、かくなる上は私が母親の仇をば、まるで今から一世一代焼身自殺しますから的な気持ちで握りこぶしをにぎにぎ、モチベーションを上げ上げにしてたわけで。そしたら母親が転んだちょうど頭の部分にごっつい石があって、頭がぱっくり割れたんであろう、見る見るうちに黒く地面に血が広がって、死ぬで。雨がそれを薄めて、マーブルになってってって、流れて、タプタプ、……すげえ、これはマジで大変なことに……ちょっとまじで怖いかも……と私は狼狽したわけだ。

そしてピクリともせん母親を見て父親もびびったか何かして、そろそろと近づいていって「おい」とか声をかけたそのとき、母親は手近にあった角材のような棒状というよりはちょっとした柱のようなものを思いっきりフルスイング、思いっきりのただ一度、ここでやらねばいつやるんだ的な人生渾身のフルスイングは低空でそれは見事な弧を描き、決まったわけで……、父親の脛を砕いたわけで……。

その夕方はきらきらと晴れてる中に金色の糸のような雨が降ってて、なんつうかシユールで、水溜まりとかもあってさ、夕立の水溜まりってやばいくらい奇麗じゃないですか、んで何もかもがちょっぴりスロウリイな魔法にかかってて、雨の一粒一粒が私に慰めの笑いを投げかけてるようであったよ。そのドリーミイな空間の中でスロウリイに、でも激しく本気で戦ってるのが実の親であって。見ているのが実の子であって……。

膝か脛かをやられた父親はうずくまって声にならない。雨の音だけが連弾。勝利した母親はさっと立ち上がり、泥水まみれで「みえちゃん、行くで」と宣言し、その時分の母親は黒髪が長く腰辺りまであったのだが、その大部分が顔に逆巻いて貼りついていたのを覚えている。

そして頭から顔から血を垂らしながら、けけけと高笑いする母親と手をつないで雨の中、家に戻ったのも忘れられない思い出。

とはゆうても戦いにはやっぱ男の父親が勝つわけであって、女の母親は大概負けるのであって、激しく負けたそんな夜には、決まって母親は音を消してゆで卵を顔の腫れた部分にあてがって（熱をとってたんやと思う……）ごろごろと卵を転がしながら、ひとり孤独にジャッキー・チェンのビデオを観ていたのである。

無言で食い入るように、狭い部屋の中、女子柔道決勝を控えた選手のような面持ちで、父親と他の子供のいびきが響く中、ジャッキーが有り得ない修行して有り得ない成長を遂げて有り得ない技を連発して悪に打ち勝つという物語。そんなミラクルな激闘・激修行シーンをときどき頷いたりしながら静かに、噛みしめるように真剣にじっと見つめていたのである。

私はそれがなんというか、切ないというか、悲しいというか、とにかく、今でいうところのいわゆる代表的な不安っていうんでしょうか、そんな感じで、子供心に、なんか話しかけたほうがいいんちゃうんかなってな感じで今起きましたって演技して、「えへへ、むにゃむにゃ、……なあ、おかんー、これってほんまなんー？　へらへら」つって無邪気さ爆発でジャッキーの苦渋を指して尋ねたものよ。

母親は画面に目をやったまま端的に「全部ほんまや」と答え、

「げへへ、ほんなら、私らもみんなさー、さっちゃんも、としあきも、みんながんばったらこんなん出来るようになるんーへらへら」と訊いたもんよ。したら母親は即答、「なれる。みんな、なれる」

というわけで、今でも晴れた夕方に降る金色のイノセントな雨に打たれるとどうしようもないなんだかド・そわそわした気持ちになり、おしっこを漏らしてしまいそうになります。っていうか大人になってから何回か漏らしました。んで、ジャッキーの茶色いあの一連の映画も、そんなわけで、巨大な、云いようのない、イノセントな暗黒とでも云えばいいのか、あのなんやかやを思い出すわけで、それら儚いには違いなく、二度と帰ってはこない、や、帰ってこんで全然いい、けれどもありありと思い出せるノスタルジックなよく判らないそんな紛れもない暗黒は、点で留まった視覚的記憶とちょっぴりの感情となんやかやの総合性の坩堝の中へ、遥か大人になった私を平気の平左で置き去りにするのです。ジャッキーが。黄金の雨が。

歯で穴をあける

ラジオで大阪に帰ったついでに姉の家へ行ったらば三歳の甥がいるので加えて一歳半のもうひとりの甥と連れ立って公園へ行ってブランコに乗せてやったらばものすごいテンションになって「ワンツースリーホウ！　阿部ッ！　阿部ッ！」とアタマが悪いんではないかというほどに舌を垂れアタマをまわし絶叫していた、もっともっともっともっと押してくれーというので一生懸命それを持続させてたら一瞬間、急に黙ったのでブランコを止めてみたらエラエラと白いものを戻してめっさ焦った、酔うというのがいまいち判らぬのらしいで、大人からしてみれば難儀な過程も子供にしたら結果以外は難儀なことではないのだな、夏に出るお芝居の台本を読みながら人間が人生と教訓と感動について記録することと奇麗な脚の女性についてイメージを浮かばせても子供が近くにいると考えは何処にも溜まらないのであって、子供といれば子供であるなと思うわけであった、る、またまた昼下がり、テレビを見てるとでっかいピアノが出てきたので、見てみ、あれは世界で一番か二番目かに美しい楽器。お前ピアニストになる気はないの、頑張ってピアノ弾けばどう、鍵盤とは白と黒の二つで見てるだけでいい気分になるよ、いうと、シャワー屋になりたいというのであって、シャワー屋て何、というと、シャワーの水かお湯が出るあのたくさんの穴をあける人のことらしい、穴は何であけるのときくと歯であけるのだそうだ、大きさが全部一緒でなけりゃああかんので難しいのでは、ときくと、全部好きな大きさでいいのだそうだ、雨は睨んでおるな、雲も体も、重た、重た。

素敵な戸川純

曇りの昨日、試着室から出てきたら同じワンピースを着た人が隣から出てきて、それは戸川純だった。生きてる……。戸川純でなければ、それはもうなんていうかもう、山の人のようになってた。髪は屏風にかかれた獣のたてがみのようだった。今たった今、山から都会に転がり這い出てきた戸川純は店員とも誰とも質問も何も独り言にしかなってなくて、私のネックレスが目に触れたらしく「おへ、ヨウロップねへ」と独り言。素敵な午後でした。

ふた曜日を噛む

芝居の稽古が続いていて、初めての場所へ辿り着くのが難しい。最近は詩を書いて朝方寝る。稽古の帰りは乗り換えがもはやおそろしかったので山手線の駅まで歩いて帰るというメムバーに便乗した。実は涙が出るほど安心した。

コーヒーを殺す

コーヒーを飲むと気がおかしくなってくるというのは常に人にあるところでいわゆる体質というもので、私も漏れずそうである。だってカフェインは紅茶のほうがキツいもんね。それに加えて緑茶も危険。まあそういう対物質弱点というものはあるのであって仕方ないわね。

昨日は打ち合わせで神保町へ行き、その前に持っていかなならん紙がプリンタにつまって狼狽する。かろうじて見えていた紙の端もひっぱっていたらぶっとちぎれて紙は内臓にすっぽり入ってしまった形で一文字だけ見える詩の文字が押しつぶされているのを見て倒れそうになり怒りが猛然と竜巻きプリンタをがたがたいわすも私は狼狽してもう駄目なんじゃないかと思う。ふためきながら近所に住むミガンに電話してリードしてもらいながらデータをメールで送ってそれをそっちでプリントアウトすることにして風のように自転車で発進。

今、詩の一文字がまるでサンシャインローラーの餌食になってると訴えると「泣かんとはよ来いや。んなもん新しい紙で出したるから」という神託に紙パニックは治ったものの、こんなんでパニックになってるようでは自動車免許はとれないね、ミガンとこ行きしなにも女子にばんとぶつかってしまったし、とても凶悪な顔をして走っていることだろうから、交通にとってはよくないのだった。打ち合わせで飲んだコーヒーの成分がそのあと私を神保町〜渋谷区間で爆発させるので次の待ち合わせの喫茶店ではコーヒーをオレンジジュースで殺す。

メロンに転向する日を想う、夏は。

車に乗っててそれが大変に調子悪く、大阪弁で後部座席からやくざ口調でまくしてるとなんとか動くので、激しくそうやってたら、目覚めても喉が痛かった。昼の稽古から戻って、締め切りが明日の原稿というか詩を書こうとしていて、なぜか眠りがかたまり寝てしまったので、なんか頭の一部分が畳の一部になったように、編みこまれて、痛む。しばらくは畳をあんまり見たくない気持ち。よく見ると日常品は常にただならぬ形状が形相で責めるのでひとりで眠るのは六角形の無風地帯、無辺地帯、ときどき入り口を間違えるけれど。

台詞を入れはじめるのですが、この言葉の色々、頭の中にいつまで入っているのかなあ。記憶するということをわざわざにやることなど大人になってからはあんましないもので、多分に刺激的なことではあるけど、システムの原理が判ってないのに応用していることが人生の殆どだ。微々たる体の発動においても、どんな些細な認識においても。

運転免許があればいいなあと最近はなんとなく思うのですが、たとえば助手席に乗っていて、(私は今、運転しているつもりになって、この目の前の大きなガラスから向こうの景色を注意して見るのだ、見るのだよ)と思って注意して見ていると、パラパラと雨が降ってきたりして、すると、どうやってもガラスにつく雨、水滴のほうが気になって気になって仕方がなくなる。水滴はけっこうまるまるとしていて、肉感的ですらあり、信号の色やなんか色々を吸収して発色し発光するのでどうしてもその存在感を無視することが出来なくて、いや、お前は今運転手、道路を、標識を、信号を、前の車を見よ、と思っても、視点がちらちらと動いて、こんなんでは到底無理だと本当に思う。こういうことは誰に相談すればいいのか判らないけどこれとて不安、不安ですけどこういうのにはぼんやりとした不安印はつけられませんね、無記名から脱出すると、それぞれがめいめいに騒ぐので。

自動製氷機で氷が作られるときは氷が音をたてて落ちてくるのだが、その落ちてくるときの音がなんていうかごっつい骨を難なく折る音に聞こえる。あるいは誰も見てない花火が散る音にも聞こえて、それは予想しないときにいつも鳴るので、いつもぎくりとする。地震みたい。予測したことは必ずや裏切られるという理想に基づき、地球上の人類が地震のことを忘れるほんの一瞬があってその劇的な間隙を狙って地震というのはやってくる、という懐かしい恋人との仮説を思い出す。なので、その仮説に拠るならば、地震について考える一定の時間を全人類の義務にして、それをリレーすれば、地震は起こらないということになるのだったが、そんなことを云いながらたまにやってくる地震に驚き、あ、今世界の誰ひとりとして地震のことを考えてなかった、と云いながらうきうきした気持ちにもなるのだった日本の世田谷の四角の白い一室で。

古本屋で野中ユリ装丁版、尾崎翠全集を見つけると持っていても買ってしまいたくなる、放っておけなくなる、後ろ髪ひかれる思いというのを人生の五度目ぐらいにしてガンガンに感じてしまう。頭を撫でて、撫でてもらって、そして靴を履かせて家に連れて帰りたくなってしまう。あの本はなんていうか、抽斗みたい。これはひきだし、と読むのだけど、なんだか柚子、という漢字に似ているね。

私が本当に見たことある湖は琵琶湖だけですがそれはあんまり全然奇麗ではなかったが、イメージは必ずしも実体を母とせず、おたまじゃくしの詩を書こうとしてるときなんかに本物のおたまじゃくしなんか見ちまうと書けるわけがないという詩人の話を思い出す。湖というのは本来奇麗なものなのだと乱杭歯がうっとり綴る。

西瓜というのは悲しい食べ物だ。食べながらあれやこれやと特に出来事もなかったくせにやってくる思い出を思い出して、あの味は堪らない気持ちさせる。体の細胞はすっかり入れ替わったのだから厳密に云うと幼少の私は私ではないとも云えるのだからもっと安堵してはどうかと思うけれど、味は何故かいつもおんなじ。おばあちゃんと夏になればいつも食べていた。西瓜はすごく美味しかった。あ、この夏はおばあちゃんと西瓜を食べよう。おばあちゃんが死んだらもう私は西瓜を食べられなくなるのがなんとなく目に見えているので、その暁にはあんまり思い入れのないメロンに転向しようと思う、夏は。

奇跡っつうぐらいのもんで

今日私を含めて往来する人々を見ていたら、これまでの我々はなんという任意の信頼関係で結ばれて、なおかつ先天的な距離を保ちながら完全に棲息していることだろう今のところ！　だって歩いていて突然ふくらはぎを噛みつかれたことないし、熱湯の鍋に引きずり込まれたこともない。けれど当然のことながらこれから先は判らへん。偶然の信頼の上で成り立っている何事も起らない日常と、突然殺されたりする日常の、いったいどっちが奇跡に近い出来事やろうか、どっちも奇跡か、どうも奇跡。やあ奇跡。

誕生日の夜の内部

このようにしてある日突然自身とともにあった人生の中ほどは、誰の了解も得ずままにして水道水のごとく過ぎてゆく流れてゆく。手を洗いながら、この世界、誰の思いつきかは知らんけれど、趣味の善し悪しはおいといて、まあ、とてもいいんじゃないの、と思う、笑う、余裕もある夜の中。

単行本のためのあとがき

日記というには余りにずさんな記録であるし、随筆というには悲しいほどに直観に乏しく、コラムというには心構えが多分に脆弱、誰に請われるわけでもなく、自分でがしがしと書いておきながら、けっきょく蓋をぱっかと開けてみれば、顔のそろわぬ、出自も気概も何もかもがてんででたらめな文章群がこっちを見て怒ったり黙ったり笑ったりしているんであって、ほんの時折にっこりする目を見てしまえば、こっちとてにっこりし返すほか手立てがないんであって、書籍化しましょうよというお話を戴いてから、随分あれこれ思い巡らすも、何の因果かここに偶然居合わせたそれぞれの文章を読み返すと、転倒しながら抱擁しながら大好き大嫌いと云いながらその裏で白々しく降参しながらつまるところは大受容、これが私の理由なき落とし前であろうなあ、などなどの滑稽な愛情がぽん菓子の如く私を弾きまくるのであって、それならばいっそ彼ら彼女らを「本」という不可思議な形態に閉じ込めてしまうというのも、ま、ええんとちやうのん、と思ったが最後、この様な結果になりました。それにしても文章は読みづらく、意図もわや、なんですのんこれは、という感想は書いた当の本人にも確実にあるわけで、選別に加え加筆修正に躍起になるも、二十代の日常を歌を作ってうたうということに恥入りつつも我武者羅（すごい漢字、気に入ったので採用）にしてきた日々を併走する、やはりこれは「記録」であって、間違っても役に立つなどという文章ではありませんが、所々であはは、と笑っていただけたり、共感、あるいは日常での驚嘆を共にしていただけたりなんかすると、私は嬉しくってどうしようもなくなります。あッと祈る気持ちで差し出します、どうぞ宜しくお願い申し上げます。

そして個人的には極控えめに云ってどう考えてもこの企画、無謀では、とわなないた書籍化を心強く念願し、そして実現して下さったヒヨコ舎の大場義行氏、田中里奈氏にほとばしる感謝を申し上げます、そして表紙の絵を何としても拝借したいとの申し出に快く応じて下さった野中ユリ氏、そして素晴らしい絵にクールな意匠を凝らして下さった小田原大氏に、そして装丁実現への惜しみない助言、爆発的な励まし、鮮やかに奔走して下さった餘戸雅一氏に、そして何よりもこの本を御購入下さった皆様に、私の全部で留まるところを知らぬ感謝感激の色々を、大疾走しながら申し上げます、そしてそして。

文庫本のためのあとがき

いまは雨が降っていて、しとしとと音が聞こえてくるようなそんな雨で空は低くうなだれていて、この本を作ったとき、最初のあとがきを書いたのとは違う部屋で生活をしていて、裸足でちょっと寒くて、それでこうして文庫本のためのあとがきを書こうとしているなんて変な気分で、単行本を刊行してから何年も何年も経ったような気がしてるのにまだたったの三年しか経ってないなんて奇妙で、それでいて何か悲しいような、よくわからない気分になります。

二〇〇三年から三年間、誰が読んでくれているのか見当もつかない、誰も辿り着けるはずもないようなブログで毎日のことをつづっていました。

それはまだ詩や小説を書くとても前のことで、数年後に自分が物を書く仕事をするようになるなんて思ってもみなかったときのことで、あれから色んなことが変わったように思えるけれど、いま読みかえしてみると何もひとつも変わっていない昨日の記録のように思えるし、それでいて誰か知らない人の遺書でも読んでるような気持ちにもなります。

当時、この日記を、単行本を、読んでくれていた人たちはどうしてるかな。どうしていますか。元気ですか？　ものすごく、じゃなくてもいいからちょっとは元気だといいな。世界に生きるほとんど誰もがそうであるように、うまくいかなかったり苦しかったり悲しかったりするときに、読んでくれていた人、音楽を聴きにきてくれた人、うれしいとき悩んでるとき、お便りをくれた人、励ましてくれた人、数えきれない真夜中、明け方の紺色の匂い、眠ったこと歩いたこと、忘れられず、わたしはすべてをひっくるめてよく思いだしています。どうか、お元気でいてください。

文庫本の装丁は大久保伸子さんに、文庫化にあたっては講談社の長谷川淳さんにお世話になりました。あこがれの、とても好きな黄色の背表紙です。ありがとうございました。そしてこの文章群を最初に本にしたいと言ってくれたヒヨコ舎の大場義行さん、田中里奈さんに、心からの感謝を。三軒茶屋の喫茶店で何度も何時間もやりとりをし、励ましてくれて、ああでもないこうでもないと頭を悩ませ、それでも信じられないくらい楽しかったこと、わたしは一生忘れません。そうやって三人で作ったわたしにとって生まれて初めての本は初めての文庫本になって、また新しい読者に届けられる機会を得ました。本当に、ありがとう。

そして何よりも、この本を手にとってくださった、あなたに。言葉じゃ全然足りない気がどうしてもするけれど、でも。

川上未映子

二〇〇九年　十月二十六日

初出一覧（未映子の純粋悲性批判　http://www.mieko.jp）

夜明け前、いっかい、最高の君の顔	二〇〇三年八月二十九日
ドーナツとの激しい距離	二〇〇三年八月三十一日
キャロルとナンシー	二〇〇三年九月一日
かろうじて夏の夜の幻想	二〇〇三年九月四日
四月、鉛筆をとっきんし忘れる	二〇〇三年九月九日
猫マーク	二〇〇三年九月十日
怒れる椅子を粉砕する手間も暇も	二〇〇三年九月二十日
ロシアンルーレットは遊びやないのやで	二〇〇三年十月十日
サボコを救え！	二〇〇三年十月二十日
牡蠣犬	二〇〇三年十月二十七日
隅田川乱一とランボオが私の経験に遊びに来はる夜	二〇〇四年四月二日
猫パニック	二〇〇四年四月九日
だからこの自同律が不快なのかしら	二〇〇四年五月二十八日
帰京、もしもし絶対者さん	二〇〇四年九月二十五日
排水溝の神様おりはりますか	二〇〇四年十月四日
そんなことしたら地球を壊す	二〇〇四年十月五日
女子部が悲鳴をあげますよ、そら。	二〇〇四年十月七日
子供は誰が作るのんか	二〇〇四年十月十日
御予約席	二〇〇四年十月十七日
スペースはゼロっつうぐらいのもんで	二〇〇四年十一月九日
芸術御破算	二〇〇四年十一月二十四日

それから私は巨大な髪の毛を想定する	二〇〇四年十一月二十六日
紙くずが奇麗に咲くのだから	二〇〇四年十一月二十七日
この味を知る以前には戻れないのだよ	二〇〇四年十一月二十八日
精神よ、黙って体についていって下さい	二〇〇四年十一月二十九日
布団から出ますのか	二〇〇四年十二月一日
どないしょもあらへん	二〇〇四年十二月三日
私らは言葉かもな、おばあちゃん。	二〇〇四年十二月四日
蟻と天道虫	二〇〇四年十二月五日
紅葉に狩られてみる	二〇〇四年十二月六日
冷蔵庫を買ってもらうのだ	二〇〇四年十二月七日
翻訳婚	二〇〇四年十二月九日
外へ中への大合唱。	二〇〇四年十二月十日
詩までもが	二〇〇四年十二月十五日
刺繍狂想曲あははん	二〇〇四年十二月十七日
午前四時	二〇〇四年十二月二十二日
あほらしやの鐘が鳴り、ます？	二〇〇四年十二月二十四日
真ックラ世界の幼児	二〇〇四年十二月三十日
退屈凌ぎ自慢in人生	二〇〇五年一月五日
最高の手紙	二〇〇五年一月十五日
謝ってんのに	二〇〇五年一月十六日
夜と夢想の解除	二〇〇五年一月十七日
沈んだどっかの美しい国	二〇〇五年一月二十三日
快諾	二〇〇五年一月二十四日

ハロー！　殺気立ってる？	二〇〇五年一月二十五日
浮気相手になりたいのですが	二〇〇五年二月八日
っ頭蓋骨！	二〇〇五年二月二十日
天邪鬼の呪い	二〇〇五年二月二十一日
思い出は君を流れる	二〇〇五年二月二十三日
録音が続いてゆく	二〇〇五年二月二十五日
私も喪服で生きていきたいけれども	二〇〇五年二月二十八日
録音が続いてゆけば	二〇〇五年三月一日
録音が続いているのです	二〇〇五年三月十五日
私はゴッホにゆうたりたい	二〇〇五年三月二十七日
まだまだ録音が続いてゆく	二〇〇五年四月一日
馬鹿やからなん？	二〇〇五年四月三日
桜ですが	二〇〇五年四月四日
あたし金魚、ぼくは馬	二〇〇五年四月六日
一日働いて五千円	二〇〇五年四月七日
中島らも氏の奥様はきらきらとし	二〇〇五年五月九日
N．Y．小町という漫画がありましたね	二〇〇五年五月十日
録音が静かに収束されてゆく	二〇〇五年五月十二日
体毛女子	二〇〇五年五月二十一日
思い出信者	二〇〇五年五月二十六日
宮沢賢治、まるい喪失。	二〇〇五年五月三十一日
ああって動く心、あそこの動き	二〇〇五年六月十一日
倉橋由美子、その死と永劫完成	二〇〇五年六月十四日

瞬きに音はないんですか	二〇〇五年六月十九日
実は東京収録なの	二〇〇五年七月一日
すごい励まし	二〇〇五年七月八日
絶唱体質女子で！	二〇〇五年七月十三日
発売をする	二〇〇五年七月十五日
ピンクで小粒で危険なあの子ら	二〇〇五年七月十八日
蛙のような子を	二〇〇五年七月二十日
台風ですが	二〇〇五年七月二十六日
サボコは私のかわいいコ	二〇〇五年八月八日
曖昧さが私を渦巻かせて失速	二〇〇五年八月二十四日
そうではないのですか	二〇〇五年九月十日
母校で頭の中と世界の結婚	二〇〇五年九月二十五日
結ぼれ	二〇〇五年十月二日
みんな生きれ	二〇〇五年十月十七日
フィヨルドを挿入	二〇〇五年十月二十日
そのとき、世界におならが足された	二〇〇五年十月三十一日
日常は点々と晴れ、憂鬱をぐさりと刺す	二〇〇五年十一月三日
人は多分、とても感動するものだ	二〇〇五年十一月六日
めっさ、なんか、あれ	二〇〇五年十一月十五日
早川義夫は犬だった	二〇〇五年十一月十七日
犬猫屏風と結婚式	二〇〇五年十一月二十日
すべてが過ぎ去る	二〇〇五年十二月一日
激しかった	二〇〇五年十二月八日

お前に敬意を表したものの	二〇〇五年十二月十日
堂々とすればいいと思う	二〇〇五年十二月十二日
ヒって。	二〇〇五年十二月十三日
動きと動きの隙間	二〇〇五年十二月十四日
空き部屋へどうぞどうぞ	二〇〇五年十二月一六日
母親と子供とスプートニクの犬	二〇〇五年十二月二十二日
家事、なんて難しいの	二〇〇五年十二月二十三日
ラジオ最終回、みんなありがとう	二〇〇五年十二月二十八日
頑張れ、いつか死ぬ	二〇〇六年一月三日
誰が歌うのでしょうね	二〇〇六年一月一六日
サラダ記念日の心意気や、よし。	二〇〇六年二月三日
眼の日日	二〇〇六年二月十三日
私が瓦を、瓦も私を、みていた冬	二〇〇六年二月十五日
春におそわれる	二〇〇六年二月十七日
性の感受地帯、破竹のあはん	二〇〇六年二月十八日
たかがサボテン、けれども私のサボコは	二〇〇六年二月二十五日
世界から出て、野中ユリと本の中へ	二〇〇六年三月一日
もう少し先の草の説明	二〇〇六年三月五日
大島弓子を読めないで今まで生きてきた	二〇〇六年三月七日
サボテン、手首は恐怖でした	二〇〇六年三月十二日
さようならサボコ	二〇〇六年三月十三日
愛や平和の爆弾で私はぱっくりと割れ	二〇〇六年三月二十四日
惰眠・午睡・至福	二〇〇六年三月二十九日

美しい、美しい坂本弘道	二〇〇六年四月二日
私はそれを知れない	二〇〇六年四月八日
尻が痒い、それ以上も以下もなく	二〇〇六年四月十四日
黙って自分の仕事をする用意どん	二〇〇六年四月十七日
砂漠、世田谷、銀河	二〇〇六年四月二十三日
ご機嫌さん、ご機嫌さん、つってたら人生がしゅん	二〇〇六年五月六日
物語のガッツ	二〇〇六年五月十一日
鰯なのだよ	二〇〇六年五月十二日
フラニーとゾーイーやねん	二〇〇六年五月十九日
一億総記録魔	二〇〇六年五月二十七日
手紙、青色ト息で気散じ	二〇〇六年五月三十日
フォントについて、連絡乞う　至急!!	二〇〇六年六月八日
量はおのずと質になる	二〇〇六年六月十一日
墓石が青くなっちゃって	二〇〇六年六月十三日
送信は無理　蕎麦は食べる	二〇〇六年六月十六日
黄金の雨の中おしっこを漏らす大人	二〇〇六年六月十九日
歯で穴をあける	二〇〇六年六月二十五日
素敵な戸川純	二〇〇六年七月八日
ふた曜日を嚙む	二〇〇六年七月十七日
コーヒーを殺す	二〇〇六年七月二十一日
メロンに転向する日を想う、夏は。	二〇〇六年七月三十日
奇跡っつうぐらいのもんで	二〇〇六年八月四日
誕生日の夜の内部	二〇〇六年八月二十九日

初出／「未映子の純粋悲性批判」http://www.mieko.jp
単行本／二〇〇六年十二月、ヒヨコ舎刊

|著者|川上未映子　1976年8月29日、大阪府生まれ。2006年、随筆集『そら頭はでかいです、世界がすこんと入ります』（講談社文庫）を刊行。2007年、デビュー小説『わたくし率 イン 歯ー、または世界』（講談社文庫）が第137回芥川賞候補に。同年、第1回早稲田大学坪内逍遙大賞奨励賞受賞。2008年、『乳と卵』（文藝春秋）で第138回芥川賞受賞。2009年、詩集『先端で、さすわ さされるわ そらええわ』（青土社）で第14回中原中也賞受賞。同年刊行した初の長編小説『ヘヴン』（講談社）で平成21年度芸術選奨文部科学大臣新人賞受賞。

そら頭《あたま》はでかいです、世界《せかい》がすこんと入《はい》ります

川上未映子《かわかみみえこ》

講談社文庫

定価はカバーに表示してあります

2009年11月13日第1刷発行
2010年12月15日第7刷発行

発行者——鈴木　哲
発行所——株式会社　講談社
東京都文京区音羽2-12-21　〒112-8001
電話　出版部（03）5395-3510
　　　販売部（03）5395-5817
　　　業務部（03）5395-3615

Printed in Japan

デザイン—菊地信義
本文データ制作—講談社プリプレス管理部
印刷——豊国印刷株式会社
製本——加藤製本株式会社

落丁本・乱丁本は購入書店名を明記のうえ、小社業務部あてにお送りください。送料は小社負担にてお取替えします。なお、この本の内容についてのお問い合わせは文庫出版部あてにお願いいたします。

ISBN978-4-06-276505-3

講談社文庫刊行の辞

二十一世紀の到来を目睫に望みながら、われわれはいま、人類史上かつて例を見ない巨大な転換期をむかえようとしている。

世界も、日本も、激動の予兆に対する期待とおののきを内に蔵して、未知の時代に歩み入ろうとしている。このときにあたり、創業の人野間清治の「ナショナル・エデュケイター」への志を現代に甦らせようと意図して、われわれはここに古今の文芸作品はいうまでもなく、ひろく人文・社会・自然の諸科学から東西の名著を網羅する、新しい綜合文庫の発刊を決意した。

激動の転換期はまた断絶の時代である。われわれは戦後二十五年間の出版文化のありかたへの深い反省をこめて、この断絶の時代にあえて人間的な持続を求めようとする。いたずらに浮薄な商業主義のあだ花を追い求めることなく、長期にわたって良書に生命をあたえようとつとめるところにしか、今後の出版文化の真の繁栄はあり得ないと信じるからである。

同時にわれわれはこの綜合文庫の刊行を通じて、人文・社会・自然の諸科学が、結局人間の学にほかならないことを立証しようと願っている。かつて知識とは、「汝自身を知る」ことにつきていた。現代社会の瑣末な情報の氾濫のなかから、力強い知識の源泉を掘り起し、技術文明のただなかに、生きた人間の姿を復活させること。それこそわれわれの切なる希求である。

われわれは権威に盲従せず、俗流に媚びることなく、渾然一体となって日本の「草の根」をかたちづくる若く新しい世代の人々に、心をこめてこの新しい綜合文庫をおくり届けたい。それは知識の泉であるとともに感受性のふるさとであり、もっとも有機的に組織され、社会に開かれた万人のための大学をめざしている。大方の支援と協力を衷心より切望してやまない。

一九七一年七月

野間省一

岳 真也 色 散 華
片山恭一 空のレンズ
風野 潮 ビート・キッズ Beat Kids
風野 潮 ビート・キッズII〈Beat Kids II〉
川端裕人 せちやん〈星を聴く人〉
川端裕人 星と半月の海
鹿島 茂 平成ジャングル探検
鹿島 茂 悪女の人生相談
鹿島 茂 妖人 白山伯
片川優子 佐藤さん
神山裕右 カタコンベ
神山裕右 サスツルギの亡霊
かしわ哲 茅ヶ崎のてっちゃん
金田一春彦 安西愛子 編 日本の唱歌全三冊
加賀まりこ 純情ババァになりました。
門倉貴史 新版 偽造・贋作・ニセ札と闇経済
門田隆将 甲子園への遺言〈伝説の打撃コーチ高畠導宏の生涯〉
柏木圭一郎 京都『源氏物語』華の道の殺人
柏木圭一郎 京都紅葉寺の殺人

風見修三 修善寺温泉殺人情景〈駅弁味めぐり事件ファイル〉
梶尾真治 波に座る男たち
鏑木 蓮 東京ダモイ
川上未映子 そら頭はでかいです、世界がすこんと入ります
川上未映子 わたくし率 イン 歯ー、または世界
川上弘美 ハヅキさんのこと
加藤健二郎 戦場のハローワーク
海堂 尊 ブラックペアン1988(上)(下)
加野厚志 幕末暗殺剣〈龍馬と総司〉
垣根涼介 真夏の島に咲く花は
川上英幸 湯船の姉弟《きょうだい》〈湯船屋船頭辰之助〉
川上英幸 丁半三番勝負〈湯船屋船頭辰之助〉
海道龍一朗 百年の亡国〈憲法破却〉
岸本英夫 死を見つめる心〈ガンとたたかった十年間〉
北方謙三 君に訣別の時を
北方謙三 われらが時の輝き
北方謙三 夜の終り
北方謙三 帰路
北方謙三 錆びた浮標《ブイ》

北方謙三 汚名の広場
北方謙三 余燼(上)(下)
北方謙三 夜の眼
北方謙三 逆光の女
北方謙三 行きどまり
北方謙三 真夏の葬列
北方謙三 試みの地平線〈伝説復活編〉
北方謙三 煤煙
北方謙三 そして彼が死んだ
北方謙三 旅のいろ
北方謙三 新装版 活路(上)(下)
北方謙三 夜が傷つけた
菊地秀行 魔界医師メフィスト〈黄泉姫《よみひめ》〉
菊地秀行 魔界医師メフィスト〈影斬士《えいざんし》〉
菊地秀行 魔界医師メフィスト〈怪屋敷〉
菊地秀行 吸血鬼ドラキュラ
北原亞以子 深川澪通り木戸番小屋
北原亞以子 深川澪通り燈ともし頃
北原亞以子 新地橋〈深川澪通り木戸番小屋〉

講談社文庫　目録

鯨　統一郎　タイムスリップ森鷗外
鯨　統一郎　タイムスリップ明治維新
鯨　統一郎　富士山大噴火
鯨　統一郎　タイムスリップ釈迦如来
鯨　統一郎　タイムスリップ水戸黄門
鯨　統一郎　MORNING GIRL
倉阪鬼一郎　青い館の崩壊〈ブルー・ローズ殺人事件〉
久米　宏
久米麗子　ミステリアスな結婚
轡田隆史　いまを読む名言〈昭和天皇からホリエモンまで〉
草野たき　透きとおった糸をのばして
草野たき　猫の名前
草野たき　ハチミツドロップス
黒田研二　ウェディング・ドレス
黒田研二　ペルソナ探偵
黒木　亮　アジアの隼
黒木　亮　カラ売り屋
黒木　亮　エネルギー（上）（中）（下）
熊倉伸宏　あそび遍路〈おとなの夏休み〉
けらえいこ　おきらくミセスの婦人くらぶ〜
ハヤセクニコ

けらえいこ　セキララ結婚生活
小峰　元　アルキメデスは手を汚さない
今野　敏　蓬　莱
今野　敏　ST警視庁科学特捜班
今野　敏　ST警視庁科学特捜班〈毒物殺人〉
今野　敏　ST警視庁科学特捜班〈黒いモスクワ〉
今野　敏　ST警視庁科学特捜班〈青の調査ファイル〉
今野　敏　ST警視庁科学特捜班〈赤の調査ファイル〉
今野　敏　ST警視庁科学特捜班〈黄の調査ファイル〉
今野　敏　ST警視庁科学特捜班〈緑の調査ファイル〉
今野　敏　ST警視庁科学特捜班〈黒の調査ファイル〉
今野　敏　ST為朝伝説殺人ファイル〈警視庁科学特捜班〉
今野　敏　ギガース〈宇宙海兵隊〉
今野　敏　ギガース2〈宇宙海兵隊〉
今野　敏　ギガース3〈宇宙海兵隊〉
今野　敏　特殊防諜班　連続誘拐
今野　敏　特殊防諜班　組織報復
今野　敏　特殊防諜班　標的反撃
今野　敏　特殊防諜班　凶星降臨

今野　敏　特殊防諜班　諜報潜入
今野　敏　特殊防諜班　聖域炎上
今野　敏　特殊防諜班　最終特命
今野　敏　茶室殺人伝説
今野　敏　奏者水滸伝《そうしゃすいこでん》　阿羅漢集結《あらかんしゅうけつ》
今野　敏　奏者水滸伝　小さな逃亡者
今野　敏　奏者水滸伝　古丹《こたん》、山へ行く
今野　敏　奏者水滸伝　白の暗殺教団
今野　敏　フェイク〈疑惑〉
小杉健治　灰の男
小杉健治　隅田川《すみだがわ》浮世桜《うきよのさくら》
小杉健治　母子草《ははこぐさ》〈どぶ板文吾義侠伝〉
小杉健治　つぐない〈どぶ板文吾義侠伝〉
小杉健治　闇鳥《やみとり》〈どぶ板文吾義侠伝〉
後藤正治　奪われぬもの
後藤正治　牙〈江夏豊とその時代〉
小嵐九八郎　蜂起には至らず〈新左翼死人列伝〉
小嵐九八郎　真幸《まさき》くあらば
幸田文　崩れ

講談社文庫 目録

講談社文庫　目録

柴田錬三郎　お江戸日本橋（上）（下）
柴田錬三郎　三国志〈柴錬痛快文庫〉
柴田錬三郎　江戸っ子侍（上）（下）
柴田錬三郎　貧乏同心御用帳
柴田錬三郎　新装版 岡っ引どぶ〈柴錬捕物帖〉
柴田錬三郎　新装版 顔十郎罷り通る（上）（下）
柴田錬三郎　新装版 岡っ引どぶ（続）〈柴錬捕物帖〉
城山三郎　ビッグボーイの生涯〈五島昇その人〉
城山三郎　この命、何をあくせく
城山三郎　黄金峡
城山三郎／平岩外四　人生に二度読む本
城山三郎／高山文彦　日本人への遺言
白石一郎　火炎城
白石一郎　鷹ノ羽の城
白石一郎　銭の城
白石一郎　びいどろの城
白石一郎　庖丁ざむらい〈十時半睡事件帖〉
白石一郎　観音妖女〈十時半睡事件帖〉
白石一郎　刀〈十時半睡事件帖〉
白石一郎　犬を飼う武士〈十時半睡事件帖〉
白石一郎　出世長屋〈十時半睡事件帖〉
白石一郎　おんな舟〈十時半睡事件帖〉
白石一郎　東海道をゆく〈十時半睡事件帖〉
白石一郎　海よ島よ〈歴史紀行〉
白石一郎　乱世を斬る〈歴史エッセイ〉
白石一郎　海将（上）（下）
白石一郎　蒙古襲来〈海から見た歴史〉
志茂田景樹　真・甲陽軍鑑〈武田信玄の秘密〉
志茂田景樹　独眼竜政宗 最後の野望
志水辰夫　帰りなん、いざ
志水辰夫　花ならアザミ
志水辰夫　負け犬
新宮正春　抜打ち庄五郎
島田荘司　占星術殺人事件
島田荘司　殺人ダイヤルを捜せ
島田荘司　火刑都市
島田荘司　網走発遙かなり
島田荘司　御手洗潔の挨拶
島田荘司　死者が飲む水
島田荘司　斜め屋敷の犯罪
島田荘司　ポルシェ911《ナインイレブン》の誘惑
島田荘司　御手洗潔のダンス
島田荘司　本格ミステリー宣言
島田荘司　本格ミステリー宣言II〈ハイブリッド・ヴィーナス論〉
島田荘司　暗闇坂の人喰いの木
島田荘司　水晶のピラミッド
島田荘司　自動車社会学のすすめ
島田荘司　眩（めまい）暈
島田荘司　アトポス
島田荘司　異邦の騎士
島田荘司　改訂完全版 異邦の騎士
島田荘司　島田荘司読本
島田荘司　御手洗潔のメロディ
島田荘司　Pの密室
島田荘司　ネジ式ザゼツキー
島田荘司　都市のトパーズ2007
島田荘司　21世紀本格宣言

2010年9月15日現在